clv

Manfred Braun / Michael Ulrich

Schrei aus der Tiefe

clv

Christliche
Literatur-Verbreitung e. V.
Postfach 11 01 35 · 33661 Bielefeld

Das Buch »Schrei aus der Tiefe« ist auch in Rumänisch und Ungarisch erschienen. Näheres dazu kann man auf der Homepage www.signale-der-hoffnung.de erfahren.

1. Auflage 2007
2. Auflage 2007
3. Auflage 2013

© by CLV · Christliche Literatur-Verbreitung
Postfach 11 01 35 · 33661 Bielefeld
Internet: www.clv.de

Umschlag: CLV
Satz: CLV
Druck und Bindung: BasseDruck GmbH, Hagen

Bestell-Nr. 255.584
ISBN 978-3-89397-584-6

Inhalt

»Ich wag' den weiten Blick
nach vorn und zurück,
seh' auf Gewinn und Verzicht,
fühle Trauer und Glück.

Und denk' ich auch manchmal,
hinter mir läg' schon viel;
es ist ein langer Weg bis zum Ziel.«

Volker Köbsch

Der Tag, der mein Leben veränderte

 Es ist Freitag, der 27. Juli 1984, morgens um 6.20 Uhr. Mit meinem Motorrad, einer alten ES 150, fahre ich aus der Garage. Auf meinem Rücken befindet sich in einer Umhängetasche meine private Bohrmaschine, die ich für die Arbeit benötige. Während ich auf der regennassen Straße losfahre, denke ich noch an den vergangenen Abend zurück. Martin, ein seltener Gast, war bei uns zu Besuch. Wir hatten eine gute Zeit miteinander und sprachen unter anderem über unsere Wünsche und Ziele für die Zukunft.

Nun fahre ich zum letzten Mal in dieser Woche in den Betrieb. Dann beginnt endlich das Wochenende! Ich freue mich sehr darauf.

Mit 40 Stundenkilometern lege ich mich in die Kurve am Ortsausgang. Ich hole nach links aus, um sie im Kurvenbrennpunkt rechts zu schneiden – eine Fahrweise, die ich hier schon oft praktiziert habe. Durch die hohen Bäume und Büsche im Kurvenbereich kann ich keinen Gegenverkehr erkennen. Als ich merke, dass mein Motorrad auf dem regennassen Kopfsteinpflaster aus der Kurve getrieben wird und mir ein Trabant entgegenkommt, gibt es nur noch eine Überlegung: links oder rechts vorbei!

Doch es ist zu spät! Sekundenbruchteile vor dem Aufprall scheine ich das Bewusstsein verloren zu haben, sodass ich beim Aufprall keinen Schmerz spüre. Ich fliege in hohem Bogen über den Trabant hinweg und krache mit voller Wucht auf die umgehängte Bohrmaschine auf meinem Rücken. Als sich die Bewusstseinstrübung etwas aufhellt, versuche ich vom rechten Straßenrand aufzustehen. Doch es gelingt nicht. Die DMH (Dringende Medizinische Hilfe), die eine halbe Stunde später kommt, bringt mich ins Zschopauer Krankenhaus. Nach einer Röntgen-Untersuchung werde ich in das Bezirkskrankenhaus Karl-Marx-Stadt verlegt. Als ich meine Augen öffne, sehe ich meine Frau Christine und ihre Freundin am Krankenbett stehen. Dann ist wieder alles dunkel.

Christine
6.20 Uhr: Volker fährt wie immer zur Arbeit. Er ist gerade ein paar Minuten weg, als ich durchs offene Fenster höre, wie ein Motorradfahrer dem anderen zuruft: »Da oben war ein Unfall!« In mir steigt wieder eine Unruhe auf, die ich schon seit Tagen spüre.

7.30 Uhr: Unser Nachbar kommt die Straße herunter und schiebt Volkers kaputtes Motorrad. Er versucht mich zu beruhigen: »Ist bestimmt nicht so schlimm, Volker klagte nur über seine Beine.« Ich wecke die Kinder, die nicht verstehen, warum ich weine. Schonend versuche ich ihnen zu erklären, was passiert ist.

9.00 Uhr: Ein Bekannter fährt mich ins Krankenhaus nach Zschopau. Ich bin entsetzt, als ich Volker wimmernd in einem Vierbett-Zimmer liegen sehe. Er nimmt mich gar nicht wahr. Die Aussagen des Arztes sind wenig aufschlussreich und bruchstückhaft: »Lendenwirbel kaputt, noch keine Lähmungserscheinungen, muss noch mal nachlesen …« Ich bin geschockt und voller Fragen und Ängste.

Gegen Mittag bekomme ich zu Hause einen Anruf. Volker ist in das Bezirkskrankenhaus nach Karl-Marx-Stadt verlegt worden. Inzwischen bin ich völlig aufgelöst, was sich auch auf die Kinder überträgt. Gabi, eine liebe Freundin, fährt mich ins Krankenhaus. Auf der Station empfängt mich eine Ärztin mit den Worten: »Ihr Mann ist sehr schwer verletzt. Er hat schwere innere Blutungen im Bauchraum, eine Beckenfraktur, eine Fraktur des zwölften Brust- und ersten Lendenwirbels, Rippenserienfraktur, ein Schädelhirntrauma, eine Kreuzbein- und Steißbeinfraktur. Wir wissen nicht, ob er diese Nacht übersteht, bitte rufen Sie morgen früh an, ob er noch lebt!« Ich bin wie betäubt – kann alles nicht fassen. Dieser Albtraum muss doch endlich zu Ende sein. Gleich werde ich aufwachen, und alles ist wie immer. Gabi versucht mich zu trösten.

Zu Hause stürmen die Anfragen mehrerer Leute auf mich ein. Sie wollen wissen, wie es um Volker steht. Doch ich möchte nicht reden. Ich bin immer noch wie betäubt. »Oh Gott, lass mich endlich aus diesem entsetzlichen Albtraum aufwachen. Bitte lieber Gott, lass es nicht Wahrheit sein!« Irgendwie schaffe ich es, die Kinder ins Bett zu bringen. Dann kommt Reinhold, einer unserer Freunde, und betet mit mir. Es tut mir gut.

Nach einer Nacht voller Ungewissheit und Unruhe rufe ich mit flauem Gefühl im Magen am nächsten Morgen um 6.00 Uhr im Krankenhaus an. Volkers Zustand ist unverändert. Die Kinder können nicht begreifen, dass ihr Vati plötzlich nicht mehr von der Arbeit nach Hause kommt. Sie spüren, dass etwas Schlimmes passiert ist.

Ich bekomme die Erlaubnis, Volker den ganzen Tag im Krankenhaus zu betreuen. So verbringe ich nun Tag für Tag an seiner Seite. Es ist ein ständiges Auf und Ab.

Mal geht es besser, mal kommt ein Tiefschlag. Ich hadere mit Gott – klage ihn an. Warum ließ er es zu, dass Volker so schwer verletzt wurde? Er wird doch gebraucht – in der Familie, in dem Jugendkreis, in welchem er mitgearbeitet hat, und in der Kirchengemeinde, zu der wir gehören.

Dankbar bin ich meiner Mutter und meiner Schwiegermutter, dass sie die Kinder übernehmen und mir so den Rücken frei halten.

Doch es dauert nicht lange, und ich bin mit meiner Kraft völlig am Ende. Ständig muss ich mich übergeben und bin total erschöpft. Meine Heimarbeit muss ich aufgeben, weil ich sie einfach nicht mehr schaffe. Ich sehne mich danach, mal eine halbe Stunde für mich zu haben, um meine Gedanken ordnen und mit Gott reden zu können. Er hat die Möglichkeit, Volker wieder gesund zu machen, wenn er es will – davon bin ich überzeugt. Aber ich möchte den Kopf auch nicht in den Sand stecken. Ich will mich bewusst mit dem Gedanken auseinandersetzen, dass Volker vielleicht nie mehr laufen kann.

Die Kinder verarbeiten die tragischen Veränderungen auf ihre Weise. Peggy schreckt fast jede Nacht hoch und wird von fürchterlichen Weinkrämpfen geschüttelt. Daniel dagegen ist ständig aufgedreht und strapaziert meine angegriffenen Nerven bis zum Äußersten. Franziska bekommt noch am wenigsten mit, sie ist ja noch nicht mal ganz zwei Jahre alt.

Verzweifelte Hoffnung
Volker
Die Diagnose meiner Verletzungen ist niederschmetternd. Dennoch habe ich keine Ahnung, welche Folgen dieser Unfall für mein weiteres Leben und das mei-

ner Familie haben wird. Mit verzweifelter Hoffnung klammere ich mich an die Halbwahrheiten, mit denen mich der Chefarzt zu trösten versucht: »Herr Köbsch, Sie werden kein Gefühl mehr in den Füßen haben und beim Laufen im unwegsamen Gelände werden Sie auf jede Unebenheit achten müssen.«

Doch ich schöpfe immer wieder Hoffnung aus einem Zitat, das ich am Morgen des Unfalltages gelesen und später auf meinen Nachttisch gestellt habe. Es lautet: »*Denn so spricht der Herr: Unheilbar ist dein Bruch, bösartig ist deine Wunde! Denn ich will dir Genesung bringen und dich von deinen Wunden heilen ...*« (Die Bibel, Jeremia 30, Vers 12 und 17).

Ich danke Gott für diese Perspektive. Zu erfahren, dass viele Menschen in Ost und West für mich beten, gibt mir neuen Mut – ebenso die Mut machenden Briefe aus allen Ecken Deutschlands. Meine Frau besucht mich täglich und ab und zu darf sie eines der Kinder mitbringen. Auch an Besuchen durch Freunde und Bekannte fehlt es in den sechs Wochen im Bezirkskrankenhaus Karl-Marx-Stadt nie. Noch keimt in mir die Hoffnung, eines Tages wieder meinem Beruf nachgehen und ein normales Leben führen zu können.

Obwohl die Neurochirurgie in diesem Bezirkskrankenhaus für DDR-Verhältnisse recht modern ist, gibt es in der Behandlung doch einige Defizite. So weiß das Pflegepersonal beispielsweise nicht, dass bei einer Querschnittslähmung auch eine Darm- und Blasenlähmung vorliegt. Die Wirbelbruch-Verletzungen werden konservativ behandelt. Ich muss wochenlang auf dem Rücken auf einer Rolle liegen. Diese verursacht in kürzester Zeit schwere Druckgeschwüre (Dekubitus). Bei der kleinsten Bewegung habe ich wahnsinnige Schmerzen.

Doch nicht alles ist negativ. Meine tägliche Beschäftigung mit dem wertvollsten aller Bücher führt immer wieder zu guten Gesprächen mit Schwestern und Patienten. Es stellt sich bald heraus, dass sich auch unter dem Krankenhaus-Personal einige Gleichgesinnte befinden. Sie bemühen sich besonders, mir den Aufenthalt erträglicher zu gestalten.

Das tägliche Auf und Ab meines Gesundheitszustandes zehrt an meinen Nerven. Patienten kommen und gehen, nur ich muss bleiben und kann nicht einmal das Bett verlassen. Ich sehne mich nach Hause. Doch daran ist überhaupt nicht zu denken. So kommen zu den körperlichen Schmerzen mehr und mehr auch quälende seelische Schmerzen hinzu.

Nach einer Becken-Operation rückt langsam der Tag meiner Verlegung in ein Sanatorium nach Sülzhayn (Südharz) näher. Ich kann die Tränen nicht zurückhalten, als ich mir die lange Trennung von Christine und den Kindern ausmale. Nur mit Mühe kann ich mich unter Kontrolle halten, als wir in meinem Krankenzimmer einen kleinen Abschieds-Gottesdienst feiern.

Ins Sperrgebiet

Die Verlegung ist für den 11. September geplant. Sülzhayn liegt im damaligen Sperrgebiet, sodass man für die Fahrt einen Passierschein benötigt. Da dieser nicht vorliegt, verschiebt sich der Krankentransport an diesem Tag um mehrere Stunden. Glücklicherweise bekommt auch Christine einen Passierschein und kann mich so auf der 300 Kilometer langen Strecke über die holperigen Straßen der DDR begleiten. Sechs endlos lange Stunden einer schmerzvollen Fahrt – eine grausame Tortur für einen Patienten mit Verletzungen, wie ich sie erlitten habe.

Und dann sehe ich zum ersten Mal den »Steierberg«, zwei bis drei Kilometer vom eigentlichen Ort entfernt – ein altes, verwahrlostes Haus mit abgeblätterter Farbe. Früher hat man hier Herz-Kreislauf-Patienten untergebracht. Aber das war zu gefährlich, da direkt an diesem Zentrum der Grenzzaun vorbeiführte. Bei den Rollstuhlfahrern, die nun hier behandelt werden, besteht ja keine Fluchtgefahr.

Durch einen dunklen Gang werde ich auf ein Zweibett-Zimmer geschoben. Mein Körper »summt« heftig vor Schmerzen, als ich auf das Bett gelegt werde. Das 20 Quadratmeter große Zimmer hat eine Deckenhöhe von 3,50 Meter, absolut kahle Wände, gelblich getönt. Das gleißende Neonlicht macht den Raum auch nicht gerade gemütlicher. Welch ein Gegensatz zum Bezirkskrankenhaus in Karl-Marx-Stadt.

Verwöhnt vom vielen Besuch im Bezirkskrankenhaus, macht sich nun beim Abschied von Christine eine tiefe Resignation breit. Es herrscht eine bedrückende Stimmung und mein Gemütszustand ist auf dem absoluten Tiefpunkt angelangt. Der raue Ton der Ärzte und Schwestern, den ich hier erlebe, tut ein Übriges, um den letzten Rest Hoffnung zu töten: »So, Herr Köbsch, finden Sie sich damit ab, dass Sie ein Leben lang im Rollstuhl sitzen müssen.«

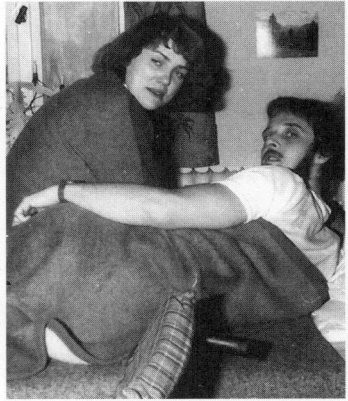

Auch bei dem Thema »Abführen« kennt man hier in der Klinik in Sülzhayn kein Erbarmen. Ganze zwei »Stuhltage« gibt es in der Woche! Außer der Reihe ist kein Stuhlgang erlaubt. Wie verläuft nun so eine Nacht? Um 4 Uhr nachts beim Fiebermessen werde ich in »Pampers« eingepackt. Es werden zwei Pyrilax-Zäpfchen verabreicht und ich bekomme Sennesblätter-Tee zu trinken. Die Wirkung lässt nicht lange auf sich warten. Man liegt dann hilflos in seinen Exkrementen, bis endlich der Morgendienst kommt!

In dieser Zeit grübele ich oft über meine Zukunft, die Zukunft meiner Ehe, die Zukunft meiner Familie. Sechs Jahre war ich glücklich verheiratet, außerdem gesund und munter – und nun hieß die niederschmetternde Diagnose: Querschnittslähmung! Wird unsere Ehe diesen extremen Herausforderungen standhalten? Die Statistik spricht eindeutig gegen uns.

Ich habe gehört, dass 90 Prozent aller Ehen, in denen ein Partner plötzlich querschnittsgelähmt ist, geschieden werden. Immer wieder schreie ich Gott meine Not und meine Verzweiflung entgegen und bitte ihn um Hilfe und Rat.

Ich höre keine donnernde Stimme aus dem Himmel und erlebe nicht das große Wunder einer plötzlichen Heilung. Aber mir wird das vielleicht noch größere Wunder geschenkt – inmitten von Angst, Schmerz, Ungewissheit und Not weiß ich mich doch bei Gott geborgen. Ja, ich kann bezeugen, dass ich hier in Sülzhayn, am Tiefpunkt meines Lebens, Gottes Nähe und Trost in ganz besonderer Art und Weise erlebe. Die Worte, die Gott einst einem anderen, leidgeprüften Mann zugesprochen hat, sind auch zum Leitspruch meines Lebens geworden: »*Meine Gnade genügt dir, denn meine Kraft kommt in Schwachheit zur Vollendung*« (Die Bibel, 2. Korinther 12, Vers 9).

Schikanen

Nicht nur für mich – auch für meine Frau Christine ist es eine sehr schwere Zeit. Für jeden Besuch benötigt sie einen Passierschein von der Polizeibehörde. Jedes Mal tritt eine Abordnung zusammen und berät, ob der Passierschein erteilt wird oder nicht. Angst und Herzklopfen begleiten Christine bei jedem Gang zu der Behörde, denn auch sie ist schon einmal durch ihre Aktivitäten als Christ ins Visier der Stasi (Staatssicherheitsdienst) geraten.

In dieser angespannten Situation wird Christine vom Sozialen Dienst zu einer »Beratung« bestellt, in der sie unter anderem gefragt wird, ob sie mit einem derart behinderten und eingeschränkten Mann überhaupt noch zusammenleben wolle. Eine Scheidung sei bei dieser Sachlage kein Problem.

Diese Tage sind die allerschwersten in meinem bisherigen Leben. Ich bin total unten – am Boden zerstört – und weiß nicht mehr aus noch ein. Wiederum schreie ich meine Not, meine Verzweiflung einem anscheinend schweigenden Himmel entgegen: »Oh Gott, warum? Warum ich? Ich, der ich glücklich verheiratet bin, drei Kinder und einen guten Beruf habe. In der Jugendarbeit bin ich aktiv gewesen und in der Kirchengemeinde. Warum nur, warum?« Wie real und aus tiefstem Herzen nachvollziehbar wird mir die Verzweiflung Hiobs, als er vor Gott klagte: »*Ich schreie zu dir, und du antwortest mir nicht!*« (Die Bibel, Hiob 30, Vers 20).

Während quälende Gedanken in Bezug auf meine Gegenwart und Zukunft mich umtreiben und beunruhigen, wandern meine Gedanken auch in die Vergangenheit und Erinnerungen werden wach.

Erinnerungen

Am 16. März 1956 wurde ich in Dresden als drittes Kind meiner Eltern geboren. Mein Vater hatte im Krieg ein Bein verloren, als er gerade einmal 21 Jahre alt war. Durch diese Behinderung war unser Leben als Familie immer ein Stück weit eingeschränkt. Dennoch widerstand ich in der Schulzeit allen Bemühungen seitens der Lehrerschaft oder der Direktion, mich in irgendwelche sozialistischen Organisationen hineinzuzwängen, seien es Pioniere, FDJ (Freie Deutsche Jugend), Jugendweihe oder deutsch-sowjetische Freundschaften. Schüler, die Mitglieder in diesen Organisationen waren, hatten es natürlich leichter. Doch es war mein Ziel, einen klaren Weg zu gehen. Nach meinem Schulabschluss, der mittleren Reife, erlernte ich den Beruf des Bühnenfacharbeiters am Großen Haus in Dresden. Da dies letztendlich doch nicht meinen Vorstellungen entsprach, entschloss ich mich zu einer zweiten Lehre als Möbeltischler.

Während dieser Zeit waren wir an Wochenenden oft zu diakonischen Einsätzen im Epilepsie-Zentrum Kleinwachau unterwegs. Diese Arbeit weckte in mir die Idee, nach Beendigung meiner zweiten Lehre ein diakonisches Jahr zu absolvieren. Durch die Innere Mission wurde mir eine Stelle auf dem Katharinenhof in der Nähe von Herrnhut vermittelt. Hier erlebte ich als Mitarbeiter bei 23 schwerstbehinderten Kindern eine spannende Zeit. Die Art und Weise, wie diese Kinder die ihnen entgegengebrachte Liebe zurückgaben, war eine tolle Erfahrung, die ich in meinem Leben nicht missen möchte.

Doch den guten Erfahrungen auf dem Katharinenhof sollten bald weniger gute folgen. Denn die Einberufung zum Wehrdienst stand bevor. Zwar gab es in der DDR bereits damals die Möglichkeit des Wehr-Ersatzdienstes (die sogenannten Spatensoldaten), doch war das noch wenig bekannt. So wurde ich zum Wehrdienst nach Marienberg einberufen.

Voller Angst sah ich dem schwarzen Tag meiner Einberufung entgegen. Nicht nur, dass die Kaserne von Marienberg als streng und schwierig verschrien war, ich befürchtete außerdem, dass meine christliche Einstellung mir zusätzliche Probleme bereiten könnte.

Ich hatte eine Kontaktadresse von Christen in Marienberg – ein kleiner Strohhalm, an den ich mich klammerte: Eberhard Heiße und seine Frau sollten in meinem Leben noch eine große Bedeutung haben. Sie knüpften von außerhalb Kontakte zu Christen in der Kaserne und organisierten Treffen, um heimlich gemeinsam in der Bibel zu lesen und zu beten. Natürlich blieben auch ihre Aktivitäten der Stasi nicht verborgen, und sie mussten deswegen Verfolgung und Schikanen ertragen.

Durch Eberhard Heiße wurde mir bewusst, dass ich mich zwar als Christ verstand, mir aber das Entscheidende fehlte: eine lebendige Beziehung zu Jesus Christus! Obwohl ich christlich erzogen worden war und schon von Kindheit an versucht hatte, christlich zu leben, war dennoch diese bewusste Entscheidung ein ganz wichtiger Schritt in meinem Leben. Ich erkannte mich als schuldig vor Gott, nahm sein Angebot der Rettung und Erlösung in Jesus Christus an und übergab ihm die Herrschaft über mein Leben.

Eberhard ermutigte mich, meinen Glauben zu leben, zu bezeugen und als Mitarbeiter in der Kirchengemeinde tätig zu werden. Anfangs fiel es mir sehr schwer, vor so vielen Leuten meinen Glauben zu bekennen und über die Bibel und Erfahrungen mit Gott zu reden. Doch mit der Zeit bereitete es mir Freude, Gott auf diese Weise die Ehre zu geben. In diesem Umfeld lernte ich auch meine spätere Frau Christine kennen.

Neben all dem Guten erlebte ich aber auch »Gegenwind«! Eines Abends trafen wir uns wieder einmal an einem geheimen Ort, um miteinander in der Bibel zu lesen und zu beten. Plötzlich wurde die Tür aufgerissen und ein Vorgesetzter kam mit einigen Gefreiten hereingestürmt. Er brüllte uns an, wollte wissen, was wir hier taten, und notierte unsere Personalien. Die Strafe ließ nicht lange auf sich warten. Wir wurden strafversetzt und in alle Himmelsrichtungen zerstreut. Ich kam nach Bärenstein zu einem Baukommando. Damit war meine verbleibende Dienstzeit von Degradierung und Ausgangssperre sowie allerlei Schikanen geprägt. Wegen meiner jungen Liebe zu Christine traf mich die Ausgangssperre besonders hart. Dennoch wurde ich vor Schlimmerem bewahrt, denn einer Inhaftierung in das Militärgefängnis Schwedt entging ich nur knapp.

Nach dem Wehrdienst kehrte ich an meine alte Arbeitsstelle zurück. Ich übernahm ehrenamtlich die Leitung der Jungen Gemeinde in Dittmannsdorf und es begann die schöne Zeit, in der Christine und ich uns näher kennenlernen konnten. 1978 heirateten wir. Nur sechs Jahre später, im Sommer 1984, waren wir mit Daniel (fünf Jahre), Peggy (vier Jahre) und Franziska (knapp zwei Jahre) schon eine große Familie. Zu dieser Zeit ahnten wir nicht, wie zerbrechlich dieses junge Familienglück war …

Hiobs Botschaft

An einem Abend im Jahr 1984 versammelten sich in dem kleinen Ort Dittmannsdorf, in der Nähe von Karl-Marx-Stadt, dem heutigen Chemnitz, die Jugendlichen der Gemeinde um mich, ihren Leiter. Der Vorschlag des Ortspfarrers, die bekannte Geschichte Hiobs aus der Bibel einmal richtig textgetreu nachzuspielen, hatte bei allen große Begeisterung ausgelöst. Schnell waren die Rollen verteilt. Nur für die Hauptrolle, für Hiob selbst, wollte sich kein Freiwilliger finden lassen.

Ich spürte, dass die Augen und Erwartungen der jungen Leute auf mich gerichtet waren. »Na gut, ich mache es«, lenkte ich etwas widerwillig ein und übernahm die Hauptrolle. Zu dieser Zeit dachte ich nicht im Traum daran, dass Hiobs Erfahrungen auch bald meine eigenen werden würden. Obwohl ich durch die Stasi und das DDR-Regime mit einigen Nachteilen zu kämpfen hatte, ging es mir im Großen und Ganzen recht gut. Mit 28 Jahren war ich glücklich verheiratet und Vater dreier Kinder. Mein Beruf als Tischler machte mir viel Freude und der erste Urlaub mit meiner Familie stand bevor.

Die letzten Tage in Sülzhayn
Doch statt irgendwo mit der Familie in der Sonne zu liegen und den Urlaub zu genießen, lag ich nun hier in der Klinik, ans Bett gefesselt, und hatte viel Zeit zum Grübeln. Die Rolle, die ich einst gespielt hatte, war nun zur schmerzlichen Realität meines eigenen Lebens geworden.

In dieser Phase wurden Lieder für mich zu einem wirksamen Trost. Oft nahm ich meine Gitarre und spielte Lieder aus dem Liederbuch unserer Kirchengemeinde – zum Beispiel dieses:

>*Ich lobe meinen Gott,*
>*der aus der Tiefe mich holt,*
>*damit ich lebe ...«*

Besonders die dritte Strophe brachte meine Empfindungen und Hoffnungen zum Ausdruck:

>>*Ich lobe meinen Gott,*
der meine Tränen trocknet,
dass ich lache.
Ich lobe meinen Gott,
der meine Angst vertreibt,
damit ich atme.<<

Das Lied wurde mein Lieblingslied und ich spielte es immer wieder. So gab es doch manche Dinge, die ein wenig Licht und Hoffnung in mein düsteres Leben brachten.

Nachdem ich schon viele Wochen flach im Bett gelegen hatte, geschah eines Tages ein Wunder. Die Physiotherapeutin sagte: >>Herr Köbsch, Sie haben eben mit dem Bein gezuckt.<< Konnte das möglich sein? Ich galt doch als komplett querschnittsgelähmt.

Es stimmte wirklich und mit hartem Training wurden die noch vorhandenen Muskeln so aufgebaut, dass ich bis heute kurze Strecken an Stützen gehen kann. >>Inkomplett gelähmt<< – das war ein unwahrscheinliches Geschenk an mich und ich dankte von Herzen meinem Schöpfer.

Ein anderes Mal kam ein Rollstuhlfahrer in mein Zimmer. In wenigen Minuten erzählte er mir, was man als Rollstuhlfahrer alles machen kann: reisen, mit dem Flugzeug fliegen, Sport treiben und, und, und … Welche Freude und Motivation löste doch diese kurze Begegnung mit einem fürsorglichen Leidensgenossen bei mir aus.

Und dann kam der Tag, an dem mir der erste Rollstuhl gebracht wurde. Er wog 26 Kilogramm, war schwer zu bedienen und aus heutiger Sicht eine Fehlkonstruktion. Doch ich hätte am liebsten vor Freude »Luftsprünge« gemacht! Endlich das Bett verlassen, endlich einmal nach draußen fahren können.

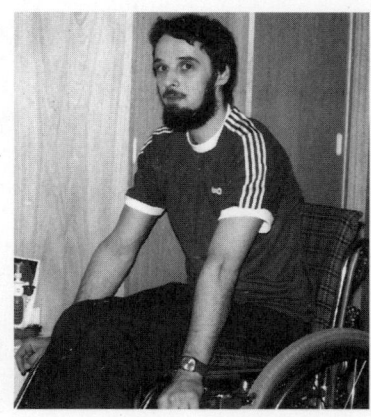

Eine weitere Überraschung erlebte ich, als mich Christen aus dem nahe gelegenen Dorf besuchten. Durch Eberhard Heiße, mit dem ich während meines Wehrdienstes Kontakt hatte, erfuhren sie von meinem Leid und machten sich auf den Weg. Sie nahmen mich mit nach Hause in ihre Familien. Welch eine willkommene Abwechslung in meinem grauen Alltag.

Und dann stand Weihnachten vor der Tür. Nach einem langen halben Jahr sollte ich nun zum ersten Mal wieder nach Hause dürfen. Die Vorfreude war riesengroß!

Hindernisse
Zu Hause aber stellten sich meinen hohen Erwartungen schnell neue Probleme entgegen. Stufen, Treppen, zu enge Türen – alles war schwierig und musste irgendwie gemeistert werden. Hilfsmittel, wie zum Beispiel harnableitende Systeme oder Urinale, gab es in der damaligen DDR nicht. Wie deprimierend war es, wenn man einen Harnwegsinfekt hatte. Kaum war man angezogen, war schon wieder alles nass.

Nach den Silvestertagen musste ich wieder in die Klinik nach Sülzhayn zurück und blieb dort bis Mitte

März. Dann durfte ich endlich nach Hause und musste dort mit den vielen Barrieren und Problemen allein zurechtkommen.

Der erste Gottesdienst im Rollstuhl in meiner Kirchengemeinde war für mich etwas ganz Besonderes. Ich war wieder daheim! Langsam konnte ich wieder an der Mitarbeit dort anknüpfen, Abende leiten und Lieder auf meiner Gitarre begleiten.

Und dann waren da noch meine Kinder, die ich so sehr liebte. Doch ich war ihnen in der langen Trennungszeit fremd geworden. Oft waren es Kleinigkeiten, die mich niederdrückten und mir schwer zu schaffen machten. Ich erinnere mich noch daran, dass unser Sohn Daniel einmal frech war und dann einfach die Treppe hochrannte. Er schaute schadenfroh von oben herab und rief: »Ätsch, Du kommst ja sowieso nicht hier hoch.« Das waren innerliche Spannungen und seelische Schmerzen, die ich erst einmal überwinden musste.

Unsere Wohnung war viel zu klein für die Familie. Wir schliefen im zweiten Stock und wohnten im ersten. Die Treppen waren äußerst schwierig zu bezwingen. Meine Schwiegermutter überraschte uns eines Tages mit der Idee: »Baut doch ein Haus!« Für mich war dieser Gedanke so abwegig, dass ich gar nichts davon hören wollte. Doch meine Schwiegermutter ließ nicht locker. Sie steckte Christine und meinen Schwiegervater mit der Idee an. So wurde nach einiger Zeit tatsächlich ein Baugesuch gestellt, das aber umgehend abgelehnt wurde. Christine wurde zur Baubehörde bestellt. Als sie im Büro des verantwortlichen Mannes für Eigenheimbau unser Anliegen vortrug, kippte der fast aus seinem Sessel. »Sind Sie noch normal? Für einen Menschen, der keine produktive Leistung mehr bringt, ein Haus bauen zu wollen? Niemals!«, brüllte er meine Frau an.

Zeit der Wunder

Dass es dennoch möglich wurde, eine Baugenehmigung zu bekommen und mit ganz geringen finanziellen Mitteln ein großzügiges, behindertengerechtes Haus zu bauen, war für uns ein weiteres Wunder und besonderes Geschenk unseres Vaters im Himmel, der es gut mit uns meint und für uns sorgt. Viele freiwillige Helfer tummelten sich immer auf unserer Baustelle. Da waren die Leute aus der Kirchengemeinde, Freunde und Verwandte, die uns mit Rat und Tat zur Seite standen. Die Mangelwirtschaft der DDR stellte uns beim Hausbau immer wieder vor große Probleme, aber wir durften in dieser Zeit viele kleine und große Wunder erleben.

Alle Arbeiten, die ich irgendwie aus dem Rollstuhl heraus erledigen konnte, übernahm ich bereitwillig: Mörtel mischen, wenn kein Handlanger da war, die vollen Eimer über einen Flaschenzug nach oben ziehen und viele andere kleine Handgriffe. Oftmals schien für Christine und mich durch die harte Arbeit die Grenze der Belastbarkeit überschritten, aber mit Gottes Hilfe hielten wir durch. 1987 konnten wir als Familie in ein barrierefreies Haus einziehen.

Dass wir in dieser Zeit auch noch ein viertes Kind bekamen, war die Krönung unseres Glücks. Die Ärzte hielten dies für unmöglich, die Umgebung reagierte erwartungsgemäß mit Unverständnis, doch wir waren und sind froh, dass wir unseren Simeon noch bekommen haben.

Das ungewohnte Leben im Rollstuhl muss natürlich gelernt werden. Es waren ganz neue Erfahrungen, die in dieser Zeit auf mich zukamen. Auf einmal war ich als Mensch nicht mehr auf Augenhöhe mit anderen Menschen. Immer wieder gab es neue Situationen, Hindernisse und Herausforderungen. So erlebte ich eines Tages folgende Szene: Ich war mit dem Rollstuhl in Zschopau unterwegs. Auf meinen Beinen hatte ich unsere jüngste Tochter Franziska sitzen. Ich überquerte die Fahrbahn und versuchte auf der anderen Straßenseite den Bordstein hinaufzukommen. Doch es gelang mir nicht. Der Rollstuhl kippte und Franziska rutschte herunter. So hing ich da, konnte mich weder aufrichten noch irgendetwas unternehmen. Die Passanten bildeten einen Halbkreis um mich und die Autos stauten sich auf der Straße. Keiner wollte eingreifen und mich aus meiner misslichen Situation befreien.

Dieses Beispiel zeigt, dass es für einen Rollstuhlfahrer notwendig ist, einen guten und sicheren Umgang mit seinem Rollstuhl zu erlernen. Dabei ist körperliche Fitness ganz wichtig. Nur so kann er die vielen Hindernisse, die sich ihm täglich in den Weg stellen, einigermaßen meistern.

Querschnittsgelähmte Sportler?

In Bezug auf sportliche Herausforderungen kam mir die Bekanntschaft mit Hubertus B., einem Rollstuhl-Basketballspieler, sehr entgegen. Er nahm mich mit nach Zwickau zu den Rollstuhl-Basketballspielern. Zunächst gefiel mir die herzliche Aufnahme in diese Gruppe und dann begeisterte mich der Sport. Man kämpft zusammen, gibt sein Bestes und freut sich über den gemeinsam errungenen Erfolg. Natürlich lernt man bei diesem Sport auch einen exzellenten Umgang mit dem Rollstuhl. Und nicht zuletzt ist diese Gemeinschaft der Rollstuhlfahrer auch eine Art Selbsthilfe-

gruppe. Der gegenseitige Informations-Austausch ist
für alle hilfreich.

Der Unterschied zwischen Rollstuhl-Basketball
und Läufer-Basketball ist nicht sehr groß. Es gibt für
den Rollstuhlsport lediglich ein paar spezielle Zusatz-
regeln. Es ist wie im Laufsport ein spannender Wett-
kampf. In den Jahren seit 1985 bis heute habe ich viele
Etappen durchlaufen dürfen. Vom DDR-Meister bis
zum sportlichen Neustart in Gesamtdeutschland. 1998
konnte ich sogar in der ersten Bundesliga mitspielen.

So sehr der Sport für meinen Gesundheitszustand
gut war, entwickelte er sich für meine Familie und das
Gemeindeleben zu einer schwierigen Gratwanderung.
Besonders in den Jahren, in denen ich in der ersten und
zweiten Bundesliga spielte, war ich an vielen Wochenenden unterwegs und die Familie musste zu Hause
alleine zurechtkommen. Diese Problematik verdrängt
man schnell, wenn man den Erfolg vor Augen hat.
Darum ist es ratsam, sich vorher Klarheit zu verschaf-

fen, wie viel Zeit der Mannschaftssport in Anspruch nimmt, und dies mit der Familie abzustimmen.

»Man hat auch als Rollstuhlfahrer tolle Möglichkeiten!« An diese Worte eines Rollstuhlfahrers aus Sülzhayn muss ich immer wieder denken. Sport treiben ist mit Sicherheit eine davon.

Ein ganz besonderes Hilfsmittel besitze ich seit 1998, und zwar ein Handbike. Im Prinzip ist das ein Rollstuhl, gekoppelt an ein Fahrrad. Es ist mit 21 Gängen untersetzt und wird mit beiden Händen angetrieben. Wie gerne bin ich als junger Mann mit dem Fahrrad gefahren. Und nun habe ich auch als Behinderter die Möglichkeit, mit dem Handbike durch den Wald zu fahren und die schöne Natur zu genießen.

Syringomylie
Anfang der 90er Jahre gab es leider eine bedrohliche Entwicklung. Mein Gesundheitszustand verschlech-

terte sich zusehends. Ich bekam starke Schmerzen in den Rippen auf meiner rechten Seite. Viele Untersuchungen brachten kein Ergebnis. Erst durch ein MRT (Magnetresonanz-Tomographie) konnte die Krankheit Syringomylie diagnostiziert werden.

Syringomylie ist eine seltene Erkrankung des Rückenmarks, bei der es im Mark zu Höhlenbildungen kommt. Die Erkrankung kann angeboren sein oder sich nach einer Verletzung des Rückenmarks entwickeln. Etwa fünf Prozent aller Patienten mit einer Verletzung des Rückenmarks durch einen Unfall leiden in den folgenden Jahren an Syringomylie.

Zwei Operationen, 1994 in Marburg und 1997 in Zwickau, brachten nur eine vorübergehende, kurzfristige Linderung meiner Schmerzen. 1999 war meine rechte Hand schon so geschädigt, dass ich nicht mehr warm und kalt unterscheiden konnte. An Gitarre spielen war überhaupt nicht mehr zu denken. Durch eine dritte Operation 1999 bei einem Spezialisten in Hannover konnte die Krankheit jedoch zum Stillstand gebracht werden. Auch wenn Schädigungen blieben, hat sich die Feinmotorik im Laufe der Zeit so weit gebessert, dass ich sogar wieder Gitarre spielen kann. Selbst Sport treiben ist wieder möglich. Ich danke Gott dafür!

In den schweren Zeiten meiner Krankenhaus-Aufenthalte konnte ich trotz vieler Fragen, Zweifel und Nöte immer wieder die Nähe Gottes deutlich spüren. Mit seinem Trost und seiner Hilfe war er in Jesus Christus bei mir.

Ist Gott barmherzig?

Dennoch gab es sowohl im familiären als auch im beruflichen Bereich noch viele Höhen und Tiefen. Ein schwerer Verkehrsunfall unseres Sohnes Daniel und der Verdacht auf einen Gehirntumor waren für uns als Familie eine ganz schwere Zeit, in der wir viele Tränen vergossen haben. Daniel lag viele Wochen in Chemnitz im selben Krankenhaus wie ich. Heute ist er gesund und kann seinen Beruf ausüben, was lange Zeit unmöglich schien.

Dass sich mein Traum, wieder in meinem Beruf als Tischler zu arbeiten, nicht realisieren lassen würde, war mir schon frühzeitig klar geworden. Kollegen, die es gut mit mir meinten, bauten eine Drehbank zu einer Drechselbank um. So begann ich Räuchermännchen und andere Sachen herzustellen. Es machte Spaß, war allerdings eher ein Hobby, als dass man davon leben konnte. Ich nahm eine Heimarbeit an und montierte verschiedene Teile für Kühlschränke. Doch diese Situation änderte sich im Jahr 1994 vollständig. Meine Frau Christine, eine gelernte Krankenschwester, begann einen selbstständigen Pflegedienst. Mittlerweile, nach 12 Jahren, haben wir 15 Mitarbeiter und damit auch eine große Verantwortung. Mir fiel nun mehr und mehr der Part des Hausmannes zu. Kochen, waschen, sauber machen, bügeln – wobei Letzteres nicht gerade meine

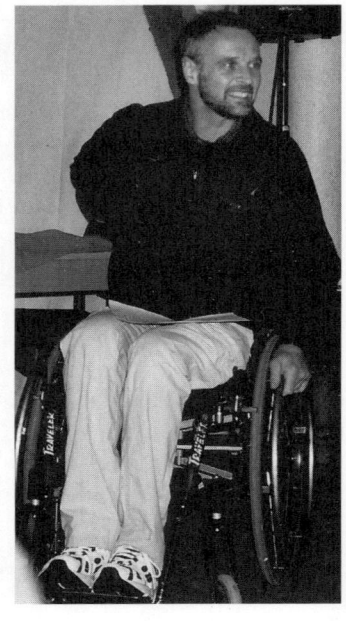

Lieblingsbeschäftigung ist. Doch dadurch unterstütze ich Christine so gut es geht. Auch die Büroarbeit, Abrechnung und Organisation gehören zu meinem Aufgabenbereich.

In unserer Kirchengemeinde bin ich gerne aktiv und freue mich, wenn ich einen Abend gestalten darf. Auch an der Leitung eines Hauskreises bin ich beteiligt und begleite die Lieder mit meiner Gitarre. Neben der Gestaltung von Gottesdiensten bereitet mir der Kindergottesdienst besonders große Freude. Dass ich – im Rollstuhl sitzend – den Kindern die gute Nachricht erzählen darf, dass es jemanden gibt, der sie bedingungslos liebt und einen optimalen Plan für ihr Leben hat, das macht mich sehr froh. Es lässt mich die Wahrheit auch dieser Aussage erfahren:

>*Vom Ausharren Hiobs habt ihr gehört, und das Ende des Herrn habt ihr gesehen, dass der Herr voll innigen Mitgefühls und barmherzig ist.*«
(Die Bibel, Jakobus 5, Vers 11)

Wenn ich auf die 22 Jahre zurückblicke, die seit meinem Unfall und der Querschnittslähmung vergangen sind, entdecke ich so manche Parallele zu Hiob. Als Hiobs Glaube und seine Beziehung zu Gott einem extremen »Härtetest« unterzogen wurden, verlor er vieles, ja, fast alles. Doch am Ende gab Gott ihm das Doppelte zurück. Einst habe ich die Rolle Hiobs in einem Theaterstück verkörpert. Im Rückblick auf mein eigenes Leben finde ich mich tatsächlich ein Stück weit in dieser Rolle wieder.

Obwohl meine Familie und ich auf einiges verzichten mussten, hatten wir viele frohe und glückliche Zeiten – und wir sind immer noch zusammen!

Es gab viele tiefe Täler, qualvolle Stunden, grausame Schmerzen, große Ängste – Zeiten bodenloser Mutlosigkeit.

Doch trotz alldem bin ich heute ein glücklicher Mensch. Ich habe das Wertvollste bekommen, was man in diesem Leben überhaupt gewinnen kann: Eine lebendige Beziehung zu Gott, Geborgenheit für das Heute, Hoffnung für das Morgen ...

Das Versprechen, das Gott einmal gab, hat sich als tragfähig erwiesen:

>>*Meine Gnade genügt dir, denn meine Kraft kommt in Schwachheit zur Vollendung.*<<

(Die Bibel, 2. Korinther 12, Vers 9)

Gabi Fett

Kampf auf Leben und Tod

»Sie müssen kämpfen, Frau Fett! Sie müssen kämpfen! Es liegt nun alles daran, ob Sie kämpfen. Geben Sie alles!« Die beschwörende Stimme des Arztes durchdringt nur mühsam die Wellen der Dunkelheit, die mich umgeben. »Kämpfen? Ich soll kämpfen? Aber ich kann nicht mehr kämpfen!« Völlig kraftlos und verzweifelt liege ich in meinem Krankenhausbett. Mein linker Arm liegt dick verbunden neben mir und verursacht wahnsinnige Schmerzen. Nur mühsam bekomme ich Luft und gleite immer wieder in Bewusstlosigkeit.

In kurzen, wachen Momenten frage ich mich verwirrt: Was ist hier eigentlich los? Bis vor wenigen Tagen war ich doch noch glücklich und zufrieden! Seit zehn Jahren mit dem Mann meiner Träume verheiratet und mit drei gesunden Kindern beschenkt, hatten wir seit einigen Jahren die Leitung eines Freizeitheimes übernommen. Das ist zwar eine anstrengende, aber unglaublich bereichernde und vielseitige Arbeit. In wenigen Tagen erwarten wir über 60 Teilnehmer für eine Silvesterfreizeit – doch jetzt liege ich mitten in der Nacht mehr tot als lebendig auf der Intensivstation.

Was ist passiert? Nur vage kann ich mich an den Auslöser dieses Dramas erinnern: Mein linker Arm war ohne erkennbaren Grund innerhalb von 24 Stunden auf doppelte Stärke angeschwollen und verursachte wahnsinnige Schmerzen …

Andreas

Endlich ist Weihnachten in Sicht. Nach einem intensiven und anstrengenden Jahr in unserem turbulenten Freizeitheim kehrt jetzt – im Winter 2004 – allmählich Ruhe ein – endlich die »selige Weihnachtszeit«. Wir haben beschlossen, zu Hause zu bleiben und den Rückzug ins Private zu genießen, denn dies ist die einzige Zeit des Jahres, in der wir »nur« Familie sind – alle Gäste und Mitarbeiter sind außer Haus. Nach letzten Einkäufen und einsetzendem Frost verbarrikadieren wir uns in unserer Wohnung und wollen es uns mit unseren Kindern so richtig gemütlich machen.

Doch in der Nacht bricht ein völlig unerwartetes Unglück über uns herein: Meine Frau bekommt schreckliche Schmerzen im linken Unterarm. Normalerweise ist sie wirklich nicht zimperlich, doch nun geht sie vor Qual »die Wände hoch«. Wir vermuten zunächst eine Nervenentzündung. Nach einem Besuch beim Bereitschaftsarzt (so was passiert immer am Wochenende!) und einer weiteren schrecklichen Nacht bringe ich meine Frau ins Krankenhaus zur Notaufnahme. Ihr Arm sieht bedrohlich aus – er ist auf Beinstärke angeschwollen. Die Finger ihrer Hand sind längst schon taub und wie gelähmt. Zu dieser Zeit ahnen wir noch nicht, dass ein Kampf um Leben und Tod begonnen hat, der uns zehn Wochen in Atem halten wird …

Verzweifelt beten und hoffen wir auf Linderung und Abschwellung, aber kein Schmerzmittel schlägt an, keine Infusion hilft. Am Sonntagnachmittag steht eine Operation an – drei Stunden liegt Gabi »unter dem Messer«.

»Nun gehen wir mal davon aus, dass du bis Heiligabend wieder fit bist!«, versuche ich meine Frau zu
(ver)trösten – doch weit gefehlt ...

Gabi

»Wenn du krank bist, gibt's Medizin. Wenn du schlimm
krank bist, gibt's Ärzte. Wenn es ganz dramatisch wird,
gibt's Krankenhäuser. Also ab ins Krankenhaus und
alles wird gut.« Das war meine Vorstellung bis zum
Winter 2004. Aber jetzt muss ich realisieren, dass die
Ärzte fast genauso ratlos sind wie ich.

Während der inneren Rückblende voller Orientie-
rungslosigkeit werde ich für die dritte OP fertig gemacht – alles innerhalb von vier Tagen. Man hat die Un-
terseite meines Armes durch einen ellenlangen Schnitt
geöffnet. Dadurch soll das enorm geschwollene Muskelgewebe entlastet werden. Eine riesige fischförmige
Wunde klafft an meinem Unterarm, doch Besserung
ist nicht in Sicht. Ganz im Gegenteil – meine Blut- und
Entzündungswerte verschlechtern sich dramatisch!

Plötzlich herrscht eine hektische Aufregung in
meinem Zimmer. Nach und nach dringt zu mir durch:
»Frau Fett, Sie dürfen Helikopter fliegen. Sie werden in
eine Spezialklinik für Handchirurgie verlegt.« Offensichtlich kann man in unserem Provinz-Krankenhaus
nichts mehr für mich tun. Ein Rettungshubschrauber
bringt mich nach Bottrop.

Andreas

Die schaurige Szene des Abflugs ist mir noch lebhaft
in Erinnerung: Der Rettungshubschrauber muss an
der Attendorner Feuerwache starten. Dort beobach-
ten etwa ein Dutzend Feuerwehrmänner und einige
Schaulustige das Spektakel. Sie schwadronieren laut-

stark und ganz schön makaber über das, was vorgeht. Als ich beiläufig erwähne, dass es meine Frau ist, die gerade in den Hubschrauber verladen wird, schauen sie betreten in den Nachthimmel. Keiner wagt in der Verlegenheit und Beklemmung auch nur ein Wort.

Auch wenn ich in tiefer Sorge um meine Frau bin, fühle ich mich dennoch geborgen und empfinde für die Umherstehenden so etwas wie Mitleid. Warum vermag mich in dieser Situation keiner zu trösten? Warum diese entsetzliche Sprachlosigkeit im Leid? Warum verstummt menschliche Weisheit, wo sie am nötigsten ist? Warum zieht man sich eher zurück, statt beizustehen? Warum versagen dann unsere Konventionen?

Vielleicht muss ich als Betroffener den ersten Schritt tun? Also frage ich die Leute etwas plump: »Entschuldigung: Was trägt euch denn, wenn's mal ernst wird?«

Einer stammelt, dem abfliegenden Helikopter nachschauend: »Ja, ja, wir Deutschen haben schon eine tolle Technik …«

»Nein, ich meine nicht den Hubschrauber. Ich meine: Wisst ihr, was im Leben und im Tod wirklich trägt und hält? Worauf läuft euer Leben hinaus? Was bleibt euch für ein Trost angesichts des Todes? Meine Frau und ich haben eine echte Hoffnung. Wir sind in Gottes mächtiger Hand geborgen. Das macht uns ganz ruhig.«

Da gehen die Schaulustigen wortlos und betreten in die Nacht.

Gabi

In Bottrop öffnet man meinen Verband und reicht mich dann am nächsten Tag sofort wie eine heiße Kartoffel weiter – nach Duisburg.

Das Problem ist nun nicht mehr so sehr der Arm – die Hauptsorge gilt nun meinem Überleben! Offenbar

ist mein Körper seit dem Eingriff von Bakterien über-
schwemmt. Das Immunsystem spielt verrückt. Eine
körperweite Blutvergiftung zeichnet sich ab. Sanitäter
schieben mich in die Aufnahme. Einer der beiden geht
zum Schalter, reicht meine Akte ein und verlangt nach
einem bestimmten Arzt. »Nö, der ist schon weg. Hier
ist nicht mehr viel los, hier ist schon fast Weihnachten.«
Also bleibe ich erst mal mit der Akte unter den Füßen
im Flur liegen, bis nach längerer Zeit ein Arzt erscheint.
Der schiebt mich in ein Untersuchungszimmer und beginnt meine Verbände zu lösen, um sich den Arm an-
zuschauen.

Zum ersten Mal sehe ich bei vollem Bewusstsein die
Verheerung, die an meinem Arm angerichtet worden
ist, um ihn zu retten. Mir wird übel. Ich denke: »Das
darf nicht wahr sein! Dieses monströse Ding kann doch

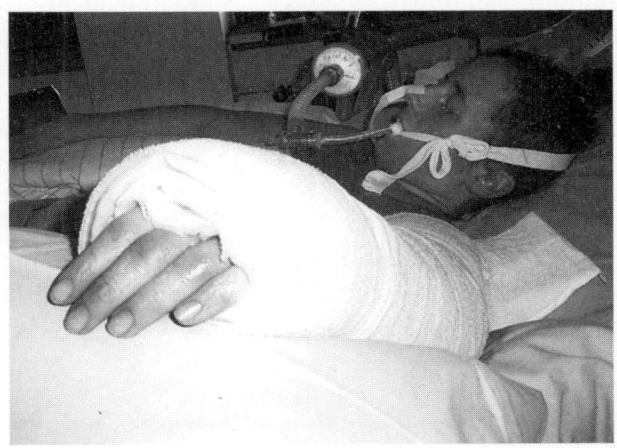

nicht zu mir gehören!« Der Arzt ist völlig gefühlskalt.
Er äußert sein Entsetzen über den Zustand des Armes
so schonungslos, als wäre ich nicht mit im Raum. Plötz-

lich meldet sich sein Bereitschaftspieper und mit einem »Scheiße, auch das noch!« lässt er sein Untersuchungsbesteck fallen und ich bleibe frierend allein – ganz und gar ausgeliefert, bei fremden Menschen an einem fremden, kalten Ort.

Die nächsten beiden Tage fließen wie zähe Lava dahin. Ich habe ständig rasende Schmerzen im linken Arm. Alles kostet mich so viel Kraft, selbst das Schlucken, dass ich alle Hoffnung aufgebe. Immer sicherer ahne ich, dass ich diese Geschichte nicht überleben werde. Meine Abwehrkräfte brechen zusammen: »Andreas, ich spüre es, ich schaff' das nicht!« Durch das tagelange Schmerzgewitter bin ich so zermürbt, dass mein Überlebenswille gegen Null geht. Heiligabend gleitet irgendwie an mir vorbei, ohne dass ich etwas davon mitbekomme. Das Personal macht meinem Mann unmissverständlich klar, dass sie keine Hilfe mehr wissen. Dennoch schickt der Stationsarzt ihn mit den Worten nach Hause: »Herr Fett, Sie sind jetzt schon den ganzen Tag auf der Station. Sie haben doch drei kleine Kinder. Versuchen Sie, ihnen frohe Weihnachten zu ermöglichen. Wir rufen Sie an, wenn …«

Andreas

Auf ärztliche Anweisung soll ich »heile Welt«, Heiligabend, spielen – was für eine Ironie! Die Ärzte der Intensivstation räumen mit einem Schulterzucken ein, dass Gabis Werte völlig aus dem Ruder laufen. Ihr Zustand entwickelt sich äußerst bedenklich. Der Entzündungswert ihres Blutes ist in astronomische Höhen geklettert. Sie kann die Augen nicht mehr offen halten, ihr Atem geht flach und stoßweise. Ihr ganzer Ausdruck ist schmerzzerbissen. Eine Schwester zupft mich am Ärmel und sagt: »Wenn das meine Frau wäre, würde ich mir große Sorgen machen. Wir wissen nicht, ob sie das überlebt. Unternehmen Sie etwas! Machen Sie Druck, dass etwas geschieht. Während der Feiertage sind wir hier unterbesetzt!«

Was soll ich denn bloß tun? Gabi selbst flüstert mehrmals: »Andreas, ich kann nicht mehr! – Ich fühle es, das überstehe ich nicht.« Um ihren Kampf zu erleichtern, hat man ihr Valium gegeben. Ich muss mich oft von ihrem Bett abwenden, weil mich das heulende Elend überkommt.

Von einer Telefonzelle aus verständige ich einen väterlichen Freund über die dramatische Entwicklung. Mit tränenerstickter Stimme flüstere ich: »Gabi liegt im Sterben! Es geht zu Ende. Bitte betet für uns!«

Er startet eine Telefonkette und spontan treffen sich (am Heiligabend!) über dreißig Leute aus unserer christlichen Gemeinde. Sie alle lassen ihre Familienfeiern ausfallen, um für meine sterbenskranke Frau zu beten!

Ganz unglaublich: Ein Freund aus der Nähe von Koblenz und ein weiterer aus dem Westerwald erfahren in der Ferne von unserer Not. Sie machen sich an diesem Abend wie die Weisen aus dem Morgenland »auf Verdacht« auf den langen Weg. Was für eine bewegende Neuauflage der Weihnachtsgeschichte! Sie sind sich sicher: »In Schoppen wird für Gabi gebetet – da müssen wir dabei sein!« Auf die Minute genau stoßen sie zu den dort versammelten Betern. Was für eine Fügung! Was für eine Unterstützung!

Gabi
Während daheim unsere Kleinen das Geschenkpapier von ihren Päckchen reißen, reiße ich mir im Überlebenskampf sämtliche Schläuche und Kabel vom Leib.

Beim Aufbäumen stürze ich fast aus dem Bett. Doch genau in dem Moment tritt meine Nachtwache ins Zimmer. Endlich scheinen auch die Infusionen anzuschlagen.

Fast genauso schlimm wie die folternden Schmerzen empfinde ich in der Todesnähe die Trennung von meinen Kindern, die mich nicht sehen dürfen. Die Ärzte halten jede Aufregung und mögliche Infektionen für zu gefährlich. Mir ist ja auch selbst klar, dass meine Drei diesen Anblick ihrer Mama nur schwer verkraften würden. Lea, Nathan und Talitha wissen zwar, dass ich sehr krank bin, aber die Brisanz der Lage versucht Andreas vor ihnen zu verbergen.

Andreas
Am 1. Weihnachtsmorgen klingelt das Telefon. Der Stationsarzt will mich sprechen: »Keine Angst, Herr Fett, ich habe gute Nachricht. Die Werte Ihrer Frau werden stabiler.«

Dennoch folgt ein verzweifelter Tag. Gabi bekommt hohes Fieber, ihr Körper schwillt gefährlich an und ihre Augäpfel werden ganz gelb. Man verabreicht ihr Blutplasma und Antibiotikum. Ich erkenne sie in ihrer Reaktionsweise und Abgeschlagenheit kaum wieder.

Auf der Suche nach Hoffnung und Ausblick lese ich in der Bibel und da tut sich für mich ein gewaltiger Trost auf. Wie für unsere Situation frisch verfasst lese ich mit Staunen:

> *»Mit ewiger Liebe habe ich dich geliebt; darum habe ich dir meine Güte bewahrt. Denn der HERR hat dich erlöst aus der Hand dessen, der stärker war als du. So spricht der HERR: Horch! Totenklage, bitteres Weinen. Rahel beweint ihre Kinder. So spricht der HERR: Halte deine Stimme zurück vom Weinen und deine Augen von*

*Tränen! Denn es gibt Lohn für deine Mühe, spricht der
HERR: Hoffnung ist da für deine Zukunft, spricht der
HERR!«* (Die Bibel, aus Jeremia 31)

An dieses Versprechen kann ich mich klammern.
Was immer Gott mit Gabi vorhat, wir wollen seiner Liebe, Weisheit und Kraft vertrauen. Er hält seine mächtige Hand über uns. Er hat Gabi zu jeder Zeit
besser unter Kontrolle als jeder EKG-Monitor der
Intensivstation.

Gabi
26. Dezember 2004. Mein Bettnachbar hat den Fern-
seher laufen und verfolgt die schrecklichen Katastro-
phen-Meldungen über den Tsunami in Ostasien. An
diesem Abend geht es mir unerklärlich gut, sodass ich
mich sogar aufsetzen und waschen darf. Umso weniger begreife ich, warum die Nacht so schrecklich wird.
Ich kann wieder mal nicht schlafen. Da ich am nächsten Morgen ein weiteres Mal operiert werden soll, darf
ich nichts trinken. So liege ich wach und lausche den
Geräten, die mich umgeben. Mir kommt es so vor, als
ob mein eigener Atem immer weniger Platz in mir hat.
Die Luft, die ich hole, reicht mir nicht mehr aus. Es
ist ein sehr beklemmendes Gefühl – ich fürchte zu er-
sticken.

Der Nachtpfleger, der für mich zuständig ist, bemerkt, wie schlecht es mir geht, und setzt sich an mein
Bett. Über zwei Stunden sitzt er da und streichelt mir
über den Kopf oder hält meine Hand. Selten ist mir die
Nähe eines Menschen so wichtig gewesen wie in dieser Nacht. Obwohl dieser Pfleger eher unsympathisch
auf mich wirkt, benutzt Gott genau diesen Menschen,
um mich zu trösten.

Die Ursache für meine Luftnot stellt sich beim Röntgen am nächsten Morgen heraus: Auf beiden Lungenflügeln zeichnen sich große Schatten ab – Lungenentzündung! Deshalb entscheiden die Ärzte, mich nach der OP im künstlichen Koma zu belassen.

Für meine Angehörigen ist das ein weiterer Schock, für mich soll es zur Regenerierung beitragen. Mein ganzer Körper ist mittlerweile deutlich von der Vergiftung gezeichnet. Im Gewebe haben sich fast 20 Liter Flüssigkeit angelagert. Ich bin unförmig aufgedunsen.

Als nach Tagen mein Bewusstsein langsam zurückkehrt, sitzt Andreas an meinem Bett und singt mir Lieder vor. Ich will von ihm wissen, was mit mir los ist. Ich kann nicht einsortieren, warum ich plötzlich fixiert und intubiert daliege. Aber wegen des Tubus in meinem Rachen kann ich nur mit meinen Augen kommunizieren. Andreas deutet meinen fragenden Blick und versucht mich mit einem Bibelzitat zu beschwichtigen: »Sag: ›Ja, Vater, denn so war es wohlgefällig vor dir!‹ Geliebte, sag einfach: ›Ja, Vater!‹«

Was sagt mein Mann da? Was erwartet er von mir? Ich soll dazu »Ja« sagen? Mich in Gottes Willen fügen? Das, was ich nicht verstehe, für gut heißen? Innerlich will ich aufbegehren, will rebellieren. Aber schließlich folgt ein zaghaftes Einwilligen in Gottes Willen und als Folge davon erfüllt mich ein Friede, der den Verstand weit übersteigt. Ich werde tatsächlich ganz ruhig und Andreas behauptet, ich habe ihn trotz des Tubus angestrahlt.

Andreas
Den Nachmittag verbringe ich wieder am Bett meiner geplagten Frau. Stundenlang singe ich ihr Lieder zur Gitarre. Als ich ihren Namen nenne, reißt sie plötz-

lich die Augen weit auf. In diesem Moment strömt eine Kaskade von Mitteilungen aus ihren Gesichtszügen: »Endlich bist du da!« Ihr lebendiges Mienenspiel drückt alle Gefühle auf einmal aus: Erschöpfung und Erleichterung, Ungemach und Unwille. Ich werde diesen Anblick niemals vergessen.

Wegen des Tubus gelingt es ihr trotz verzweifeltem Bemühen nicht, sich klar zu artikulieren. Ich verspüre ihren unsäglichen Widerstand, das Aufbegehren gegen die Fixierung ihrer Arme, die störende Nasensonde, die Kühl-Ventilation und das ständige, sehr schmerzhafte Absaugen der Luftröhre. Ihre Stirn legt sich in tiefe Kummerfalten und ihr Brustkorb bebt. Mein Herz zerspringt vor Mitleid.

Ich rede ruhig auf sie ein: *»Seufze nur, während wir dich tragen. Halte aus, geliebte Gabi, du tapfere Dulderin. Wehre dich nicht gegen das Störende. Das wird dir helfen. Geh geduldig weiter durch das dunkle Tal. Halte das Ziel fest im Auge. Es gibt Lohn für deine Mühe! Sag: ›Ja, Vater, denn so ist es wohlgefällig vor dir‹! Sag: ›Ja, Vater‹!«* (Die Bibel, Matthäus 11, Vers 26). Ich komme mir dabei vor wie der unsportliche Trainer einer Leistungssport-

lerin. Was verlange ich ihr da ab? Könnte ich ihr nur ein Stück der Qual abnehmen …

Doch wie durch ein Wunder legt sich in diesem Moment ein tiefer Friede auf ihr Gesicht. Und mehr noch: Sie schenkt mir ihr Gabi-typisches Lächeln. Sie strahlt mich

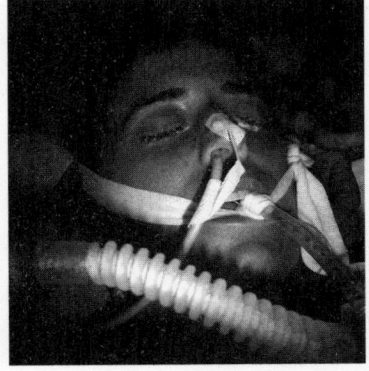

durch die zäumende Mullbinde in ihren Mundwinkeln an. Was für ein Triumph! Was für schöne Züge sie doch hat! Ich werde erneut zu ihrem »Strahlenopfer« – »gabioaktiv« verseucht. Es ist ein bewegender Umbruch vom Verzweifeln zum Vertrauen.

Gabi

Aber noch in dieser Nacht kommt es zu einem Zwischenfall. Die Nachtschwester ist noch angetan von meiner Ausgeglichenheit und hat deshalb meine Fixierung gelöst. Während sie meine Überwachungsgeräte kontrolliert, bemerkt sie: »Oh, Frau Fett, da hat ja jemand eine Silvesterrakete direkt vor ihrem Fenster hochgehen lassen. Frohes Neues Jahr!« Als ich das höre, denke ich: »Wetten, Andreas steht vor meinem Fenster und will mir ein Zeichen geben, weil sie ihn nicht zu mir lassen. Ich muss zu ihm, ich muss ans Fenster!« Ich bin so fest überzeugt von dieser fixen Idee, dass ich mir mit dem Rest meiner Energie den Tubus aus dem Rachen reiße und meine künstliche Beatmung damit abrupt beende.

Das sorgt natürlich für große Aufregung auf der Intensivstation. Aber ich lasse keinen mehr an mich ran, sondern bestehe darauf, sofort mit Andreas sprechen zu wollen. Die Schwestern schütteln die Köpfe: »Frau Fett, Ihr Mann schläft noch.« – »Mein Mann freut sich, wenn ich mich melde, egal wie früh es ist.« – »Aber wir haben gerade nicht seine Nummer.« – »Ich kann sie auswendig, bitte holen Sie ein Telefon.« Ich diktiere ihnen die Nummer und höre überglücklich Andreas' Stimme am anderen Ende der Leitung. Der wiederum kann sich natürlich keinen Reim darauf machen, warum seine Frau, die er wenige Stunden vorher noch im Koma gesehen hat, plötzlich mit ihm spricht. Ich gebe viel wirres Zeug von mir, weil ich noch unter Medikamenten-Einwirkung stehe, aber schon eine halbe Stunde später ist er bei mir.

Andreas

Am Mittag werden Gabis Äußerungen immer verrückter – eine Folge des abrupten medizinischen »Drogenentzugs«. Sie spricht von Matchbox-Autos, Glasbausteinen und dem 33. Dezember. Dann höre ich sie klar und verständlich sagen:

»*Wer mir nachfolgt, wird nicht in der Finsternis wandeln, sondern wird das Licht des Lebens haben.*« Dann aber wieder etwas verworrener: »*Mir wird nichts mangeln. Und ob ich schon, äääh, finsterte im dunklen Tal, fürchte ich keine Finsternis …*« Es ist so beglückend für mich – Gabi ist trotz ihrer Verwirrung Gott ganz nahe.

Gabi

Die nächsten drei bis vier Tage verlaufen sehr beklemmend – ich bin wie auf Entzug. Dennoch ist während der akuten Lebensbedrohung der letzten zehn Tage und trotz aller Schmerzen etwas Beglückendes passiert: Ich habe tatsächlich erlebt, dass der »*Friede Gottes höher ist als alle Vernunft*« (Die Bibel, Philipper 4, Vers 7). Ich weiß mich trotz aller körperlichen Qual absolut geborgen in dem weisen Handeln Gottes mit mir, dem nichts entgleitet, auch nicht mein Leben. Jesus Christus hat den Tod besiegt – das habe ich in diesen Tagen beeindruckend deutlich erfahren. Den Prozess des Sterbens empfand ich natürlich als sehr schmerzhaft und schrecklich, aber der Tod stellte für mich keine Bedrohung mehr dar, denn ich habe Gewissheit über meine ewige Zukunft. Das, was ich geglaubt habe, als es mir gut ging, hat sich auch in der härtesten Belastung als tragfähig erwiesen – angesichts des Todes hat der Glaube getragen und blieb Realität: »*Und ob ich schon wanderte im Tal des Todes, fürchte ich kein Unheil, denn du bist bei mir. Dein Stecken und Stab trösten mich*« (Die Bibel, Psalm 23, Vers 4). Gott gab mir seinen vollkommenen väterlichen Trost – deutlich spürbar und existenziell.

Erstaunlicherweise hat sich in wenigen Tagen mein Zustand stabilisiert. Die Entzündungswerte normalisieren sich und langsam darf ich wieder essen. Jeden Tag wird zweimal meine Lunge geröntgt. Nach knapp einer Woche begrüßt mich der Oberarzt mit den Worten »Glückwunsch, Frau Fett, Ihre Lunge sieht wieder aus wie die einer jungen Frau. Also wagen wir wieder eine OP, um den Arm zu versorgen.«

Als ich aus der Narkose erwache, kann ich mein Glück kaum fassen: Ich spüre einen neuen Verband um meinen Arm – und um den linken Oberschenkel! Das bedeutet, man hat eine Eigenhaut-Transplantation gewagt. Demnach sah die Wunde am Arm gut aus … Jetzt muss nur noch alles abheilen und ich bin wieder gesund! Ich sehe mich schon Klavier und Querflöte spielen und vor allem spüre ich, dass ich jetzt endlich wieder meine geliebten Kinder sehen darf!

Als Andreas zu mir kommt, weinen wir beide vor Freude. Er liest mir, passend zu unserer Hochstimmung, bündelweise Briefe und E-Mails vor, die uns alle möglichen Leute während der letzten Wochen geschrieben haben. Ich bin tief ergriffen von der Liebe und dem Mitgefühl, welche mich dadurch erreichen.

Außerdem realisiere ich an diesem Nachmittag, dass sich seit Heiligabend etliche Leute aus unserer Gemeinde täglich zum Beten für mich getroffen haben.

Es geht weiter aufwärts. Ich darf wieder sitzen und tags darauf vorsichtig zwischen zwei Pflegern erste

Schritte wagen. Verbissen bin ich darum bemüht, wieder halbwegs mobil zu werden, denn ich weiß: »Anders kriegst du deine Kinder nie zu Gesicht!«

Am 7. Januar dürfen mich dann tatsächlich meine Drei das erste Mal besuchen. Das Wiedersehen ist ein emotionales »Erdbeben«. Trotz aller versuchten Selbstbeherrschung weine ich hemmungslos, als ich mit einem Rollstuhl zu meinen Kindern geschoben werde. Sie sind zwar etwas verstört beim Anblick ihrer Mama, aber ebenso bewegt und unglaublich tapfer. Gegenseitig haben sie sich beschworen, nur ja nicht vor der Mama zu weinen: »Sonst wird alles nur noch schlimmer!« Ich denke, es gibt für eine Mutter keine größere Qual, als aufs Ungewisse von ihren Kindern getrennt zu sein …

Als meine Lieben nach einer halben Stunde wieder hinausgeschickt und ich zurück ins Bett gebracht werde, fühle ich mich so grenzenlos verlassen wie selten zuvor. Ich schreie zu Gott um Trost: »Mein Vater im Himmel. Dein Vaterherz weiß doch, wie Eltern zumute ist. Tröste mich!«

Und tatsächlich: Plötzlich geht die Tür auf und schon steht mein Papa an meinem Bett mit den Worten: »Ich hab' gedacht, du wirst mich jetzt wohl gut brauchen können.« Da hat der himmlische Vater mir beste Fürsorge durch meinen irdischen Vater geschickt!

Zwei Tage später frage ich ganz beiläufig bei der Visite, ob ich denn nicht mal langsam auf eine normale Station verlegt werden könne. Prompt erhalte ich die Genehmigung und komme mittags auf »meine« Station E – hier soll die nächsten sieben Wochen mein »Zuhause« sein.

Zunächst entwickelt sich alles positiv. Ich bekomme physiotherapeutische Anwendungen, um meinen Arm und meine Hand wieder besser bewegen zu können. Alle zwei Tage werden meine Transplantationen kontrolliert. Der Großteil meiner Wunde scheint gut zu verheilen, nur zwei kleine Hautstellen sind nicht »angegangen«. Das sei aber nicht weiter beunruhigend, sondern eher der Normalfall, wird mir vermittelt. Ich selbst bin hin und her gerissen zwischen Vertrauen in Gottes väterliche Fürsorge und Angst wegen möglicherweise noch schlummernder Keime in meinem Körper.

Die immer noch ständigen starken Schmerzen erhärten den Verdacht, dass mein »Alles-wird-gut-Optimismus« nicht berechtigt sein könnte. Eine offene Stelle auf meinem Handrücken will nicht besser werden. Mir scheint es sogar, als würde sie langsam größer. Aber auf mein Nachhaken, was es damit auf sich habe, werde ich immer wieder beruhigt. Nach drei Wochen entscheiden die Ärzte, die Hautstellen, die nicht »angegangen« sind, nochmals mit Eigenhaut abzudecken. Ein Routine-Eingriff – aber ich bin abends zuvor merkwürdig unruhig. Voller Sorge und Ungewissheit weine ich und bete: »Herr, ich will dir vertrauen, hilf mir doch dabei. Du weißt, ich will dich ehren, indem ich dir einfach vertraue, egal was kommt. Aber ich habe wirklich Angst vor dem, was kommt – und ich ahne, es kommt nichts Gutes!«

Diese düstere Vorahnung bestätigt sich, als ich aus der OP erwache und realisiere, dass mir keine Eigenhaut entnommen wurde. Als ich nachmittags meinen Stationsarzt um Auskunft bitte, antwortet er ausweichend: »Ich selbst war bei dem Eingriff nicht dabei. Ich weiß nur, es sah nicht so gut aus bei Ihnen ...« Das ist natürlich keine hilfreiche Antwort und lässt mich nur noch mehr spekulieren. Zwei Stunden später steht dann endlich der Oberarzt an meinem Bett und eröffnet meinem Mann und mir: »Sie können es sicher an meinem Gesicht ablesen: Ihr Arm sieht schlimm aus …«

Er erläutert uns, dass die Keime unter der transplantierten Haut das Muskelgewebe verheerend zerstört haben, mittlerweile bis in die Hand hinein – deswegen auch die offene Stelle. »Wir haben Ihren Arm nochmals gesäubert und werden in zwei Tagen noch mal danach schauen. Sollte bis dahin keine Besserung eingetreten sein, werden wir den Arm abnehmen müssen.«

Nachdem er uns diese schockierende Nachricht überbracht hat, lässt er uns erst einmal allein mit dem Schmerz, den diese düstere Prognose bei uns auslöst. Wir trauern und weinen zusammen, aber dann fassen wir zusammen neuen Mut. Meine größte Sorge gilt den Kindern: »Wie werden sie darauf reagieren, eventuell eine einarmige Mutter zu haben?« Doch schließlich finden wir Trost darin, uns noch einmal völlig unserem himmlischen Vater und seinem Weg mit uns auszuliefern. Wir wollen uns den kommenden Herausforderungen stellen: »Ja, Vater, denn so war es wohlgefällig vor dir!« Wir beten gemeinsam und Gott schenkt uns unbeschreiblichen Frieden über unsere Situation. Ein euphorischer Kampfeswille erfasst uns. Gelassen, ja, fast vergnügt schlendern wir über die Krankenhaus-Korridore.

Es folgen eineinhalb Wartetage, in denen Gott mir sehr real nahe ist und durch sein Wort ganz unmittelbar zu mir spricht. Besonders der 77. Psalm berührt mich in dieser Zeit zutiefst:

»Meine Stimme ruft zu Gott, und ich will schreien! Meine Stimme ruft zu Gott, dass er mir Gehör schenke. Am Tag meiner Not suchte ich den Herrn. Meine Hand war des

Nachts ausgestreckt und ließ nicht ab ... Gott! Dein Weg ist im Heiligtum. Wer ist ein so großer Gott wie unser Gott? Du bist der Gott, der Wunder tut« (Die Bibel, aus Psalm 77).

Dieser Text ist wie ein »Vorhang-beiseiteziehen« für mich. Gottes Pläne für mich werden also in der Ewigkeit entworfen. Das ist zu »hoch« für mich. Dort, am unbeschreiblichsten Ort des Universums, wo Gott wohnt, ist mein himmlischer Vater damit beschäftigt, meinen Lebensweg zu planen. Wie viel Glück hat er die letzten dreißig Jahre in mein Leben hineingewoben. Seine Weisheit und Weitsicht waren die ganze Zeit am Werk. Das alles habe ich gerne aus seiner liebevollen Hand angenommen. Hat Gott sich verändert? Ist ihm die ganze Sache mit meinem Arm vielleicht doch entglitten? Sollte er wirklich so eine Katastrophe ausgerechnet für mich bereithalten? Eine junge Frau mit nur einem Arm? Ein Leben als Krüppel? So etwas kann doch nur anderen zustoßen! Muss ich nicht verzweifeln? Nein, denn der obige Psalm endet: *»Durch das Meer führt dein Weg und deine Pfade durch große Wasser. Doch deine Fußspuren erkannte niemand. Wie eine Herde hast du dein Volk geleitet ...«*

Also führt Gott durchaus durch »Meerestiefen« – und das ist kein Spaziergang – aber er führt als guter Hirte hindurch! Sein Weg kann schwerwiegende Probleme in meinem Leben vorsehen – aber nicht, um mich darin ertrinken zu lassen, sondern um mich weiterzubringen – zu neuen Ufern!

Meine Ruhe und Zuversicht sind so unerklärlich, dass das Personal sich ernsthaft Sorgen macht, ich würde bald in eine tiefe Depression stürzen. Aber die bleibt Gott sei Dank aus – im Gegenteil: Als der Oberarzt zwei Tage später nach meinem Arm schaut und seine Sorge wiederholt äußert, kann ich ihm ganz ruhig und bestimmt die Anweisung geben: »Wenn Sie gleich während der OP feststellen, dass der Arm tatsächlich nicht mehr zu retten ist, zögern Sie nicht, ihn abzunehmen.« Der Pfleger, der mich in den OP-Bereich schiebt, löchert mich mit Fragen über meinen Glauben, weil er mit Staunen bemerkt, welch festen Halt Gott mir offensichtlich in dieser Situation gibt.

Als ich aus der Narkose erwache, taste ich mit meiner rechten Hand nach meinem linken Arm, der aber auf Brusthöhe zu Ende ist. »Sie haben ihn tatsächlich abgenommen!«, weine ich vor mich hin. Zunächst erschlägt mich die Endgültigkeit des Verlustes. Doch zugleich sind die Tröstungen Gottes so intensiv, so durchtragend, dass ich dem Arzt sagen kann: »Danke, dass Sie das hinter sich gebracht haben. Das war bestimmt nicht leicht für Sie!«

Andreas
Am 29. Januar wird die grauenhafte Vorstellung zur schmerzlichen Wirklichkeit: Gabis linker Arm muss tatsächlich amputiert werden. Es bleibt für die Ärzte keine andere Wahl. Das tiefer liegende Muskelgewebe ist so verheerend geschädigt, dass ein sofortiges Handeln nicht zu verhindern ist. Gleich nach der 2-stündigen Radikal-OP warte ich an der Schleuse auf meine Frau. Sie ist ansprechbar und sehr gefasst. Halb weinend, halb strahlend hebt sie ihren Armstumpf in die Höhe und sagt: »Sie mussten ihn abnehmen!« Dann gibt sie dem operierenden Oberarzt zu verstehen, dass es für ihn (!) bestimmt nicht leicht war, das tun zu müssen, und sie bedankt sich! Es ist umwerfend, sie trotz allem so stark und getrost zu sehen.

Unser Nathan erzählt daraufhin in seiner Klasse: »Meine Mama ist immer noch im Krankenhaus. Jetzt hat ein Arzt ihr den Arm ›abmontiert‹. Seitdem geht es ihr aber viel besser.«

Die Atmosphäre auf Gabis Station ist sehr ungewöhnlich: Es herrscht ein starkes Zusammengehörigkeits-Gefühl. Ständig setzen sich neugierige Patienten wie selbstverständlich mit auf ihr Zimmer, wenn Gabi Besuch hat. Sie wollen hinter das Geheimnis ihrer Gelassenheit kommen. Manche blättern in ihrer Bibel und stellen gezielte Fragen.

Sogar das Pflegepersonal und Therapeuten vertrauen sich ihr an und suchen Rat und Trost. Dann hat sie ein ernstes Gespräch mit einem Patienten, der nach wahrer Vergebung sucht. Der Austausch mit Gabi wühlt ihn sehr auf, weil sie ihn offen auf seine Vergangenheit und persönliche Schuld anspricht. Er ist gerade auf dem Weg zu einem Termin bei der Krankenhaus-Psychiaterin! Doch nun öffnet er sich für eine Begegnung mit dem Gott, der Schuld vergibt.

Gabi

Nach der OP muss ich mich noch drei Wochen in Geduld üben, dann endlich darf ich zu meiner geliebten Familie. Insgesamt 70 Tage habe ich im Krankenhaus verbracht! Nun komme ich in mein gewohntes Umfeld zurück – allerdings unter völlig ungewohnten Umständen. Wie wird es werden?

Seitdem übe ich mich immer wieder darin, »Ja, Vater!« zu sagen. Es fällt mir nicht immer leicht, aber Gott gibt mir Frieden, meine Situation täglich neu anzunehmen.

Manchmal, wenn das Leben zu mühsam und unerträglich scheint, führe ich mir vor Augen: »*Besser eine Hand voll Ruhe, als zwei Hände voll Mühsal und Haschen nach Wind!*« (Die Bibel, Prediger 4, Vers 6). Auch wenn ich einarmig durchs Leben gehen muss: »*Mein Gott ist der Gott der Urzeit und unter mir sind ewige ARME!*« (Die Bibel, 5. Mose 33, Vers 27).

Als sich der Tag meiner Arm-Amputation zum ersten Mal jährt, lesen Andreas und ich gemeinsam in einem Andachtsbuch den Text zum 29. Januar. Wir haben sonst nicht die Gewohnheit, dieses Buch zu benutzen. Mit Staunen lesen wir den angegebenen Vers: »*Ja, Vater, denn so war es wohlgefällig vor dir*« (Die Bibel, Matthäus 11, Vers 26).

Ausgerechnet der Vers, mit dem Andreas mich in meiner Krankheitszeit immer wieder ermutigt und angefeuert hat, ist an diesem Jahrestag dran! Wie unglaublich ernst nimmt Gott meinen Seelenzustand, dass er mir ausgerechnet heute noch mal diesen Vers schenkt! »Ja, geliebtes Kind, was vor einem Jahr mit dir geschah, war schrecklich, ich habe mit dir gelitten und geweint, aber aus der ewigen Perspektive gesehen war es das Beste! Es war sogar wohlgefällig vor mir!«

Auf den ersten Blick hört sich das sicher nach einem grausamen Gott an. Mir hilft dabei der Vergleich mit meinem leiblichen Vater. Mein Vater ist ein sehr geduldiger Mensch. Ich kann mich nicht erinnern, ihn jemals wütend erlebt zu haben. Trotzdem musste er mich und meine Geschwister erziehen und das bedeutete, dass ich Zurechtweisung oder manchmal sogar Strafe verdient hatte. Doch ich konnte immer gewiss sein, dass das besonnen und aus Liebe motiviert geschah – mein Vater kannte keine Willkür. Das hilft mir, Gottes väterliches Handeln mit mir besser zu verstehen: niemals Willkür, sondern immer Liebe!

Übrigens hat Gott ein Jahr nach meiner Amputation eine herrliche Entschädigung für unsere ganze Familie bereitgehalten: Am 24. Februar darf ich unseren kleinen Till Gideon zur Welt bringen! Was für eine Wundergabe. Noch am gleichen Tag dürfen das Baby und ich nach Hause (ich habe keine Lust mehr auf Krankenhaus!). Ich stille ihn nachts um drei. Da wird mein Mann wach und beobachtet uns. Dabei nimmt er das winzige runzelige Händchen in seine Hand und zitiert: »Ich hab behutsam nachgezählt, ob dir kein Zeh, kein Finger fehlt …«

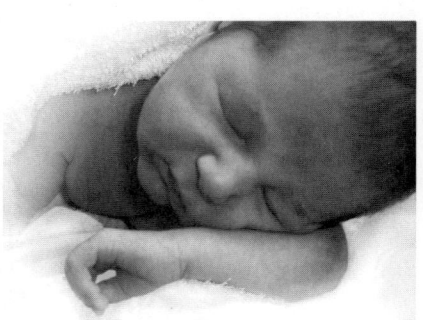

Ich erwidere: »Weißt du was? Das war das Erste, woran ich denken musste, als mein Vater nach der Amputation zu mir kam. Papa hat bei jedem seiner Kinder nach der Geburt zuerst mal die Fingerchen nachgezählt, ob sie auch wirklich vollständig und heil sind. Und dann musste er mit ansehen, dass mir mal eben nicht nur fünf Finger, sondern der ganze Arm abgenommen wurde. Das war bestimmt furchtbar für ihn.«

»Aber Gabi, denke daran, dass dein himmlischer Papa immer noch täglich bei dir nachzählt – und zwar jedes einzelne Haar: *›Werden nicht zwei Sperlinge für ein paar Pfennige verkauft? Und nicht einer von ihnen wird auf die Erde fallen ohne euren Vater. Bei euch aber sind selbst die Haare des Hauptes alle gezählt. Fürchtet euch nun nicht; ihr seid vorzüglicher als viele Sperlinge‹* (Die Bibel, Matthäus 10, Verse 29-31). Ohne seinen Willen und ohne sein Wissen wird uns weder ein Haar gekrümmt, noch ein Arm genommen«, tröstet mich Andreas.

»Wer um ein WARUM weiß, der erträgt fast jedes WIE!«
Wenn ich die letzten Jahre meines Lebens überdenke,
wird mir manches bewusst: Mein bisheriges Christsein
passte in eine behütete Familie, in ein stilvolles Wohnzimmer, in abgeschirmte Gemeindehäuser, auch noch
in mitreißende Freizeiten, aber ganz sicher nicht in eine
Unfallklinik, in der mein Arm amputiert wird. Mein
Glaube hatte nichts zu tun mit den Nöten unserer Zeit
und dem Elend dieser Welt. Aber nun erkenne ich: Gott
hat mir durch diese schwere Zeit seinen Stempel auf-
gedrückt. Er hat meinen Glauben autorisiert – inmitten
von Schmerz, Sterben und Grauen hat er überlebt und
sich als echt erwiesen! Er war schon vorher da, aber er
war »unbeglaubigt«. Während der ungewissen Schwe-
be zwischen Leben und Tod hatte ich wirklich keine
Angst. Gott hat mich mit tiefem Frieden und großer Sicherheit hindurchgetragen. Ich weiß, woran ich glaube, denn ich habe Gott real erlebt. Nicht aus einem an-
erzogenen, theologischen Wissen, sondern nur aus der
lebendigen Begegnung mit Gott können wir wirklichen
Trost und Halt bekommen. Keine religiöse Erziehung,
sondern nur eine vertrauensvolle, persönliche Beziehung zu ihm bedeutet das Heil für uns! *»Dem Hören-
sagen nach hatte ich bisher von dir vernommen, aber nun hat
mein Auge dich gesehen!«* (Die Bibel, Hiob 42, Vers 5).

*»Wer glaubt, ist nie blind für das Elend. Er sieht alle schreck-
lichen Fakten. Aber er sieht mehr: Er sieht Gott!«*

(G. C. Morgan)

Hoffnung heißt nicht, dass immer alles gut geht.
Echte Hoffnung haben heißt wissen, dass Gott auch in
schweren Zeiten ein Ziel mit uns verfolgt. Wir haben
diese Hoffnung, weil über allem, was uns trifft, ein lie-
bevoller Vater im Himmel wacht.

»*Eines Tages, am Ende aller Jahreszeiten,*
wenn wir der Sonne entbehren können,
werden alle Dinge, die unser Verstand nicht fasste,
die Dinge, die wir mit feuchten Wimpern beweinten,
aufblitzen inmitten des Lebens dunkler Nacht,
wie Sterne funkeln im Dunkelblau des Himmels;
dann werden wir erkennen,
wie weise Gottes Pläne waren,
und dass der scheinbare Tadel
für die wahrste aller Liebe stand.
Sei zufrieden, du kleines Herz,
Gottes Pläne entfalten sich wie weiße Lilien;
nicht wir müssen die verhüllenden Blätter abreißen,
der Lauf der Zeit wird den Blütenkelch entfalten.
Und wenn wir nach Mühsal und Lasten das Land
erreichen,
wo müde Füße Ruhe finden,
dann werden wir alles sehen und sagen:
Gott wusste, was er tat!«

Martin und Margitta Wagner

»Wenn er doch nur sterben würde ...«

Eine heile Welt bricht zusammen

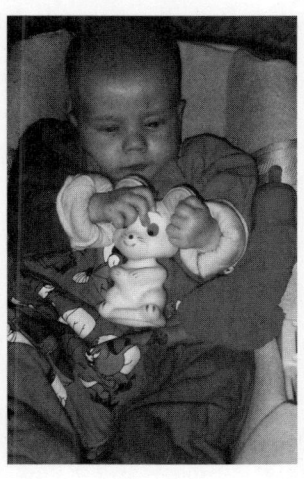

Es ist ein ganz normaler Samstagmorgen und ich arbeite in der Werkstatt einer theologischen Ausbildungsstätte. Doch plötzlich werde ich in meiner Arbeit unterbrochen – ein Bote überbringt die Nachricht: Jemand habe für mich angerufen und ich solle so schnell wie möglich ins Krankenhaus kommen. Ich reagiere ziemlich ungläubig, was das Wörtchen »schnell« betrifft – eigentlich schon eher etwas ungehalten. Wie soll ich meine Arbeit fertig bekommen, wenn ich mittendrin unterbrochen werde?

Zwar liegt meine schwangere Frau Margitta im Krankenhaus und hat heute die ersten Medikamente zur Geburtseinleitung bekommen, doch die sollen eigentlich erst in drei Tagen ihre Wirkung zeigen ...

Widerwillig fahre ich nach Hause, dusche und fahre anschließend in das 12 Kilometer entfernte Krankenhaus. Ohne Hektik betrete ich das Krankenzimmer und stelle fest, dass Margitta nicht in ihrem Zimmer ist. So laufe ich zum Schwesternzimmer, um nachzufragen, wo sie ist. Die einzige anwesende Schwester ist etwas entsetzt, dass ich erst jetzt erscheine. Sie schickt

mich – mit einer kurzen Beschreibung – direkt zum
Kreißsaal. Auf meine Frage, was denn los sei, reagiert
sie gar nicht, sondern mahnt, »gleich« zu gehen. Jetzt
werde ich etwas schneller und durch die Ungewissheit
kommt erste Nervosität auf. Der Gedanke, das erste
Mal Vater zu werden, trägt das Übrige dazu bei. Vor
dem Kreißsaal muss ich klingeln. Es scheint eine halbe Ewigkeit zu vergehen, bis endlich die Schwester erscheint. Sie sagt unmissverständlich, dass ich viel zu
spät dran sei. Jetzt müsse ich warten. Ohne mich recht-
fertigen zu können und ohne mehr zu erfahren, stehe
ich wieder vor der verschlossenen Tür. Was ist nur geschehen? Sind unsere Träume in Gefahr?

Hoffnungen
Margitta

Ich befand mich im achten Monat der Schwanger-
schaft, als unser Nachwuchs aufhörte zu wachsen. Die
Ärzte versicherten uns, dass dies keineswegs dramatisch wäre. Immerhin würde das dritte Mitglied unserer Familie schon über 2500 Gramm wiegen und so
weit alles in Ordnung sein. Um dem Baby trotz allem
ein weiteres Wachstum zu ermöglichen, verordneten
die Ärzte Bettruhe in der Klinik. Drei Wochen vergingen, aber ohne einen Fortschritt – unser Baby wuchs
einfach nicht weiter.

Die Ärzte machten nun den Vorschlag, die Geburt
einzuleiten. Zwei Wochen vor dem errechneten Ent-
bindungstermin könne man den neuen Erdenbürger
außerhalb des Mutterleibes besser pflegen und auf-
bauen als innerhalb. Wir stimmten dem zu. So bekam
ich Medikamente, die innerhalb von drei Tagen Wehen
auslösen sollten.

Auf der einen Seite war ich sehr froh, dass die Geburt eingeleitet werden sollte. Dann hätte dieses quälende Warten und Bangen endlich ein Ende und ich, beziehungsweise wir, dürften endlich wieder nach Hause. Doch dann kam alles ganz anders. Noch bevor das Wehen einleitende Medikament wirken konnte, setzten natürliche Wehen ein. Zum Entsetzen aller schlug das CTG gleich Alarm, weil die Herztöne unseres Kindes während der Wehen ganz schwach wurden und es sich auch nur ganz langsam wieder erholte. Sofort war mein Bett von Ärzten und Schwestern umringt und man befürchtete, dass das Kind die nächsten Wehen nicht überleben würde. Also musste gehandelt werden! So traf man Vorbereitungen für einen Kaiserschnitt. Ich konnte meine Tränen nur mühsam zurückhalten, denn alle Hoffnungen auf eine normale Geburt waren mit einem Mal zerstört. Alle arbeiteten nun unwahrscheinlich schnell, um mich für die Operation vorzubereiten. Als sie mich mit dem Bett in den Operationssaal schoben und die Anästhesisten und die Gynäkologen gleichzeitig neben meinem Bett standen, um mein Kind sofort beim Eintreten der Narkose zu entbinden, war ich nervlich am Ende. Ich ließ meinen Tränen freien Lauf und betete in meinem Herzen: »Jesus, in Deine Hände befehle ich meinen Geist.« Noch bevor die Narkose einsetzte, kam eine unerklärliche Ruhe über mich. Ich fühlte mich in den Armen dessen, der alles in der Hand hält, ganz geborgen. Doch wie risikoreich eine Operation mit gefülltem Magen ist, erfuhr ich erst im Nachhinein.

Die verpasste Geburt
Martin

Es war ein komisches Gefühl, glückliche Männer, die gerade Papas geworden waren, aus dem Kreißsaal herauskommen zu sehen und selbst bei der Geburt unseres ersten Kindes nicht dabei sein zu können. Es war unglaublich, aber ich hatte es tatsächlich verpasst! Warum hatte ich mich nur nicht beeilt, als ich die Nachricht in der Werkstatt erhielt? Wie konnte es sein, dass die Medikamente nicht innerhalb von drei Tagen, sondern bereits innerhalb einer Stunde wirkten? Bis zu diesem Zeitpunkt war die Traurigkeit über das »Zuspätkommen« am größten. Ich wusste ja noch nicht, dass die Situation viel dramatischer war – dass unser »Kleiner« schon um sein Leben gerungen hatte.

Dann endlich kam eine Schwester und rief mich. Die Nervosität steigerte sich fast ins Unerträgliche! Ich fragte gleich nach, warum alles so schnell ging. Darauf bekam ich keine Antwort, sondern eine Gegenfrage: »Warum waren Sie nicht schneller hier? Hat man Ihnen gesagt, was geschehen ist?« Mir stockte der Atem. Die erste Frage war gar nicht mehr wichtig. »Nein, was ist denn geschehen?« Bevor wir weiter ins Detail gehen konnten, waren wir in einem Untersuchungszimmer angekommen, in dem eine Ärztin gerade unseren erstgeborenen Sohn, Michael, untersuchte.

Meine Freude war groß, als ich sah, dass es ein Junge war. Es störte mich gar nicht so sehr, dass er so dünn war. Da ich die Proportionen eines Neugeborenen nicht gut kannte, erschien mir diese Tatsache weniger besorgniserregend. Aber auf der linken Schulter hatte er etwas, das wie fehlende Haut aussah. Das Gleiche sah man am Steißbein. Was ebenfalls auffiel, war, dass er im linken Auge eine milchige Trübung hatte. Ich fragte der Ärztin »Löcher in den Bauch«. Sie antwortete kurz, knapp und ausweichend: »Ja, da ist etwas. Das werden wir noch mal näher untersuchen!« Sie antwortete ruhig und schien alles im Griff zu haben.

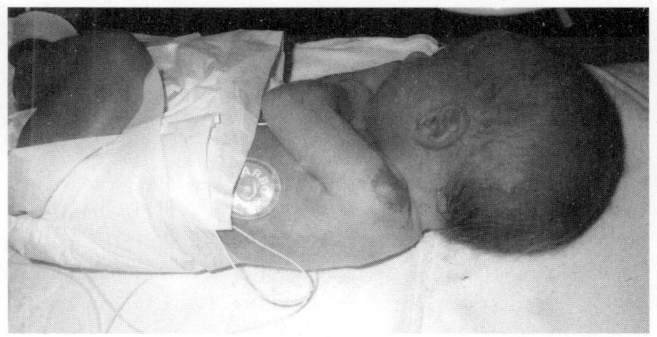

Wie lange diese Untersuchung dauerte, kann ich nur schwer abschätzen. Die Ärztin sagte abschließend lediglich: »Herr Wagner, wir werden Ihren Sohn jetzt in die Kinderklinik ins angrenzende Gebäude bringen. Dort können wir ihn besser untersuchen. Bitte kommen Sie doch später rüber, damit Sie sehen, wo er untergebracht ist.« Das war für mich in Ordnung.

Erst jetzt fiel mir auf, dass Margitta gar nicht da war. Auf meine Frage nach meiner Frau erklärte die Ärztin, dass sie im Aufwachraum liege, aber noch nicht ansprechbar sei. Die Ärztin erkannte an meinem entsetzten Gesicht, dass ich nicht wusste, wie Michael auf die Welt gekommen war. Als Rettungssanitäter, der etliche Stunden im OP-Bereich Praktikum gemacht hatte, brauchte man mir nicht zu erklären, dass man nur nach einer Operation in den Aufwachraum gebracht wurde. Und dann kam die Bestätigung der Ärztin: »Wir mussten einen Kaiserschnitt machen!« Dabei war für mich die Tatsache, dass Margitta »unterm Messer« gelegen hatte, nicht ganz so schockierend wie die Ungewissheit, was dazu geführt hatte. Man kann kaum beschreiben, was emotional in einem Menschen vorgeht, der völlig unvorbereitet eine Katastrophen-Meldung nach der anderen erhält. Auch die Ärztin ging zunächst nicht weiter darauf ein, was der eigentliche Grund für den Kaiserschnitt war. »Gehen Sie erst mal zu Ihrer Frau!«, sagte sie nur.

Nachwirkungen

Im Aufwachraum war Margitta nicht ansprechbar. Ich setzte mich neben ihr Bett und hielt ihre Hand. So hatte ich natürlich Zeit zum Nachdenken, was in dieser Situation wahrscheinlich gar nicht so gut war. Ich konnte keinen klaren Gedanken fassen. Vielmehr waren es bohrende Fragen: »Warum musste ein Kaiserschnitt gemacht werden? Was waren das für Stellen auf der Haut unseres Sohnes? Kann er mit seinem linken Auge überhaupt richtig sehen?«

Obwohl ich keinen schwachen Magen habe, wurde mir irgendwie übel. Es waren aber nicht nur die Fragen und Gedanken, die dieses flaue Gefühl auslösten, sondern außerdem ein penetranter Duft, der in meine Nase stieg. Es roch nach Erbrochenem. Ich fing an zu schnüffeln. Woher kam das? Immer wieder bekam ich eine Nase voll ab. Es kam wohl von Margitta. Ich stand auf, um sie näher zu betrachten. Aber ich fand keine Spuren von Erbrochenem. Dann hob ich das Tuch, unter dem sie lag, etwas an und sah die Bescherung. Margitta hatte am Morgen noch ganz normal gefrühstückt. Dass sich alles so dramatisch zuspitzen würde, hatten wohl auch die Schwestern und Ärzte nicht erwartet. Daher war Margitta vor der Operation auch nicht nüchtern und hatte sich nun erbrochen.

Genau zum richtigen Zeitpunkt kam eine Schwester in den Aufwachraum, um nach Margitta zu schauen. Ich bat um Waschzeug und eine neue Unterlage. Doch die Schwester brachte gleich ein neues Bett und mit vereinten Kräften legten wir Margitta dann dort hinein. Nach dieser Aktion wurde sie auch mehrmals kurz wach, nickte aber gleich wieder ein. Als kurze Wortwechsel möglich waren, machte die Schwester den Vorschlag, Margitta aufs Zimmer zu fahren. Zusammen fuhren wir das Bett zurück in ihr Krankenzimmer. Margitta schlief erst mal weiter und ich dachte, dass jetzt die Gelegenheit günstig wäre, unsere Eltern zu verständigen.

Margittas Eltern hatten ebenso viele Fragen wie ich: »Warum war der Kaiserschnitt notwendig? Was ist mit dem Kleinen nicht in Ordnung? Was sind das für Stellen auf der Haut? Ist es etwas Bösartiges? Ist er blind?« Erst jetzt wurde mir die Dramatik richtig bewusst. Die Schwestern und Ärzte wirkten mit ihrer abgeklärten Art eher beruhigend auf mich. Jetzt aber musste ich nun diese Rolle bei meinen Schwiegereltern übernehmen. Ich war froh, als das Gespräch beendet war. Nun geriet ich ebenfalls in Panik. Das Gespräch mit meinen Eltern verschob ich aus diesem Grund auf später. Noch so ein Gespräch hätte ich sicher nicht verkraftet. Jetzt musste ich Genaueres über unseren Michael in Erfahrung bringen. Mit dem festen Entschluss, Antworten auf all diese Fragen zu erhalten, ging ich unmittelbar in die Kinderklinik.

Schmerzliche Gewissheit
Eine Schwester führte mich einen langen Flur entlang bis ganz ans Ende. Nachdem wir durch eine Tür getreten waren, blickte ich in einen großen Saal. Unvorstellbar! So etwas hatte ich vorher noch nie gesehen. Eine Baby-Intensivstation! Zahlreiche Inkubatoren mit kleinen »Würmchen« darin. Ich schätze, es waren an die 15 Kinder. Jedes dieser Babys kämpfte ums Überleben.

Doch warum war mein Sohn hier? Langsam wurde mir bewusst, dass es Michael sehr viel schlechter gehen musste, als ich angenommen hatte. Ein bisschen fehlende Haut und eine kleine Trübung am Auge konnte unmöglich eine Verlegung auf die Intensivstation notwendig machen.

Die Schwester war sehr nett und freundlich. Ihr merkte man keine Angst oder Unruhe an. Für sie schien alles ganz normal. Dass unser Kleiner auch in so einer Plexiglasbox gefangen lag, erklärte sie auf eine sehr angenehme Art und Weise: »Hier drin hat er es schön warm und bekommt keinen Zug. Deshalb braucht er auch keine Decke.« Die Schwester sagte, dass die Ärztin gleich kommen und mit mir reden würde. Ich durfte einige Zeit mit ihm alleine sein, denn die Ärztin hatte alle Hände voll zu tun. Aber ihre Geschäftigkeit im Hintergrund konnte mich nicht stören. So konnte ich ihn in Ruhe betrachten. Er hatte keine Kabel an sich hängen, sondern lag einfach nur da und schien friedlich zu schlafen. Mein Sohn! Kaum zu glauben, welche emotionale Bindung alleine durchs Betrachten dieses winzigen, hilflosen Wesens in so kurzer Zeit zu dem eigenen Kind entstehen kann.

Dann endlich kam die Ärztin und sagte, dass Michael mit 1800 Gramm viel zu leicht sei. Darüber hinaus wollte sie mir – so hatte ich den Eindruck – keine detaillierteren Erklärungen geben. Sie vertröstete mich damit, dass man erst nach den Untersuchungen Genaueres sagen könne und dass alle Spekulationen im Vorfeld nichts brächten. Sie erklärte mir, welche Untersuchungen sie in den nächsten Tagen machen würden und welche Spezialisten hierzu konsultiert werden müssten. Sie könnten dann genauere Antworten liefern. Es schien, als spulte eine ganz normale Routine

ab und alle würden jetzt nur
noch daran arbeiten, Michi
zu helfen. Das wirkte wieder
beruhigend auf mich. Auch
auf die Frage, wie lange er
wohl auf der Intensivstation
bleiben müsse, gab sie nur eine
ausweichende Antwort: »Das
kann man jetzt noch nicht genau sagen.«

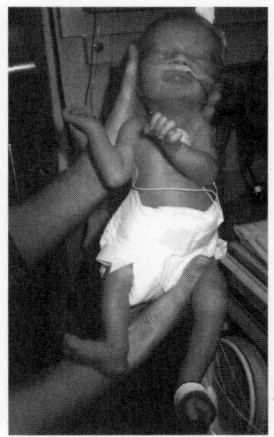

Hiobsbotschaften

Nachdem ich das Kinder-
krankenhaus verlassen hat-
te, schossen mir die Tränen in die Augen. Sicherlich
sollte man keine Hiobsbotschaften verbreiten, solan-
ge es noch keine definitiven Bestätigungen gibt. Aber
schon die Vorahnung, dass es solche Meldungen geben könnte, ließ mich völlig mut- und kraftlos werden.
Meine heile Welt brach komplett zusammen. Alles andere, die Zukunftspläne, die anstehenden Examen, unsere finanziellen Fragen usw. waren plötzlich unwich-
tig geworden. Sollten wir tatsächlich ein behindertes
Kind haben?

Es dauerte eine ganze Weile, bis ich mich gefangen
hatte und mich so weit stabil fühlte, wieder zu Margitta zu gehen. Als ich das Zimmer betrat, war sie bereits
wach. Sie konnte auch schon wieder lächeln. Wir fie-
len uns in die Arme und ich fragte, wie es ihr ginge. Sie
klagte nicht über Schmerzen, sondern fühlte sich einfach nur schwach. Und dann fragte sie: »Warst Du in
der Kinderklinik?« Ohne antworten zu können, schossen mir wieder die Tränen in die Augen und ich musste weinen. »Ist etwas mit unserem Nachwuchs?!«, kam

dann ihre Frage, die eigentlich schon Gewissheit für sie war. Das Einzige, was ich ihr antworten konnte, war: »Du müsstest ihn sehen! Du würdest ihn sofort lieben.«

Auch meiner Frau gegenüber versuchte ich nun, die gleiche Ruhe auszustrahlen, wie es die Ärzte und Schwestern mir gegenüber taten. Auf ihre Fragen hin versuchte ich ebenfalls, erst einmal zu beschwichtigen und zu vertrösten: »Was sollen wir uns verrückt machen, wenn man noch gar nichts Genaues sagen kann. Lass uns einfach weiter für ihn beten.«

»Ich möchte mein Kind sehen!«
Margitta

Ich hatte schnell gemerkt, dass Martin zwei Anläufe brauchte, um mir zu sagen, dass mit unserem Michi nicht alles in Ordnung war. Die Tränen in seinen Augen sagten mir außerdem weit mehr als seine Worte. Schon am ersten Tag nach der Entbindung ließ ich mich von Martin mit dem Rollstuhl ins Kinderkrankenhaus hinüberfahren. Ich wollte unser Kind endlich sehen!

Da lag er, unser Michi, dieses winzige Geschöpf. An die Händchen hatte man wegen der Gelenkversteifungen an den Fingern kleine Schienchen gewickelt. Doch auf all unsere Fragen konnte man uns keine Antworten geben. Ich sah die Trübung in seinem Auge und machte mir selbst Mut, indem ich dachte, dass man mit einem Auge auch noch ganz gut sehen kann.

Die Schwestern ermunterten mich dazu, Milch abzupumpen. Das war wenigstens eine sinnvolle Aufgabe für mich, wenn ich sonst schon nicht viel für mein Kind tun konnte, außer es so oft wie möglich zu besuchen, an seinem Inkubator zu stehen, es zu streicheln, auf den Arm zu nehmen und zu beten.

»Ich wünsch' mir eine Fußball-Mannschaft!«
Martin

Gespannt warteten wir nun auf die ersten definitiven
Untersuchungsergebnisse. Der Augenarzt hatte Michis
Augen untersucht. Dann die erschütternde Diagnose:
»Michael ist blind! Beide Augen sind so stark geschädigt, dass er niemals sehen kann.« Für uns brach eine
Welt zusammen. Mit allem hätten wir gerechnet, aber
das überstieg unsere Vorstellungskraft. Wir konnten
nur noch weinen – und in den nächsten Tagen wurde
das auch nicht besser. Bei unserer Hochzeit, die noch
nicht einmal ein Jahr zurücklag, hatte ich großspurig
verkündigt, dass ich gerne viele Kinder hätte. Zwölf
sollten es sein, denn eine Fußball-Mannschaft hätte elf
Spieler, und dazu gehört ja auch noch ein Ersatzmann.
Damals hatten Freunde eine Leine mit zwölf Lätzchen
gespannt und uns zum originellen Geschenk gemacht.
Und jetzt? Nie würde ich mit meinem Sohn Fußball

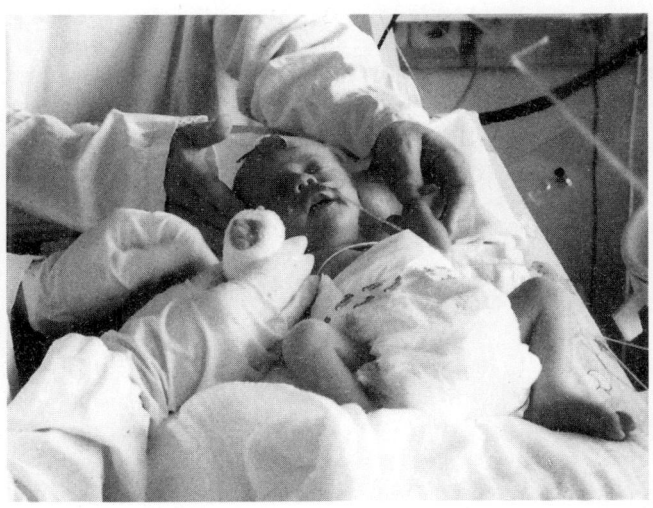

spielen und niemals mit ihm auf Bäume klettern oder gar ein Brettspiel spielen können. Werden wir überhaupt gesunde Kinder bekommen können? Die ganze Freude über eine eigene Familie wurde von der Angst vor einer rabenschwarzen Zukunft davongespült! Unser Kind wird seine Umwelt inklusive uns Eltern nie sehen können! Was für eine Katastrophe! Und dann erzählte uns zu allem Überfluss jemand, dass Kinder nur lachen, wenn sie es bei anderen sehen.

Ein dramatischer Unfall
Margitta
Als ob das noch nicht genug Seelenqual gewesen wäre, ereignete sich ein weiterer schwerer Zwischenfall. Es war am Samstag, genau eine Woche nach seiner Geburt. Ich kam gerade in sein Zimmer, als eine Schwestern-Schülerin ihn mit der Flasche fütterte. Plötzlich verschluckte er sich und es schien, als ob er keine Luft mehr bekam. Die Schülerin legte mir mein Kind auf den Arm und meinte im Hinausrennen, ich solle ihm kräftig auf den Rücken klopfen, sie würde Hilfe holen. Mein Kind wurde immer lebloser, seine Haut immer bläulicher und es schien eine Ewigkeit zu dauern, bis endlich ein Arzt und zwei Schwestern hereingestürzt kamen. Ich stand daneben und sah zu, wie der Arzt versuchte, Michi ins Leben zurückzuholen. Und dann stürmten sie aus dem Zimmer auf die Intensivstation, um ihn dort an die Beatmungsmaschine zu hängen. Ich stand unter Schock und bat darum, meinen Mann anrufen zu dürfen. Er kam sofort in die Klinik.

Nachdem wir noch eine Weile vor der Intensivstation warten mussten, holten sie uns herein. Michael lag regungslos in seinem Plexiglashaus. Jetzt war er komplett »verdrahtet«. Schon rein äußerlich sah alles so bedrohlich aus. Auf Streicheln reagierte er nicht mehr. Und wieder standen wir vor einem emotionalen Abgrund, in den wir zu stürzen drohten, ohne irgendeinen Sinn in dem allen erkennen zu können. So wollte ich auch nicht länger in meinem Einzelzimmer im Krankenhaus bleiben und bat um meine Entlassung. Gemeinsam lässt sich alles besser tragen! Man kann darüber reden und zum Glück auch dafür beten. Von da an sahen wir Michi über Monate hinweg nicht mehr ohne Schläuche. Immer hing irgendeine Apparatur an ihm.

Die Ärzte versuchten anschließend, diesen dramatischen Unfall zu erklären. Aufgrund des geringen Gewichts war Michi insgesamt viel zu schwach. Jetzt erklärten sie uns, dass seine Muskeln nicht richtig ausgebildet seien. Deshalb sei er auch zu schwach gewesen, das Verschluckte wieder abzuhusten, was die normale Reaktion gewesen wäre. Sein Körper würde also auch noch mit einer Muskelschwäche kämpfen müssen. Zusätzlich hatte er an einigen Gelenken Versteifungen, die seine Bewegungsmöglichkeiten weiter einschränkten. Er würde also nicht nur blind sein, sondern auch körperlich viele Dinge nicht tun können.

Wird er gehen können? Wird er immer im Bett liegen müssen? Martin ist gerne im Wasser – wird er im Sommer nie mit Michi baden gehen können?

Wir besuchten Michi so oft es nur möglich war. Er nahm an Gewicht zu und sein Gesamtzustand wurde stabiler. Von daher sagte man uns bei einem unserer Besuche, dass er am nächsten Tag auf die Wachstation verlegt werden sollte. Als wir am nächsten Tag auf der Wachstation nach seinem Zimmer fragten, verwies man uns wieder auf die Intensivstation. Was war passiert? Man hatte ihm die Beine eingegipst, um die Versteifungen in seinen Knien zu dehnen. Danach wurde er auf die Wachstation verlegt und beim Füttern ist es dann wieder passiert. Er verschluckte sich und wurde bewusstlos. Er war allerdings nur vorübergehend an der Beatmungsmaschine. Als wir an seinem Bett standen, atmete er schon wieder selbstständig. Voller Verzweiflung schrien wir innerlich zu Gott: »Mein Gott, hört das denn gar nicht auf!? Jeder noch so kleine Schritt nach vorne endet so radikal im nächsten Abgrund. Hörst Du denn unsere Gebete nicht? Sind wir Dir egal???«

Der lang ersehnte Tag
Martin
In dieser Phase äußerte ein wohlmeinender Verwandter: »Wenn er doch nur sterben würde!« Aber dieser Gedanke war für uns eher ein weiterer qualvoller Angriff auf unsere Seelen. Wir liebten unseren Sohn. Wir wollten ihn nicht verlieren! Nein, wir hätten alles getan, um ihm zu helfen. Er war ein Teil von uns. Wir lebten und litten mit ihm. Alle Beeinträchtigungen seines Körpers konnten unserer Liebe zu ihm nichts anhaben. Sein Gesicht, seine zierlichen Hände und Beine – er war unser erstgeborener Sohn!

In der theologischen Ausbildungsstätte nahm man sehr bewegt Anteil an unserem Befinden. Etwa 150 Studenten und die Lehrerschaft unterstützten uns durch Anteilnahme und Gebet. Zu dieser Zeit gab es viele schwangere Ehefrauen in unserer Schule. Alle bangten mit! Natürlich verstärkte sich dadurch auch ihr eigenes Gebet um gesunden Nachwuchs. Wenn gesunde Kinder auf die Welt kamen, wurde das nicht mehr als Selbstverständlichkeit hingenommen, sondern als Geschenk des Himmels.

Die Monate vergingen und endlich kam der Tag, an dem wir Michi mit nach Hause nehmen durften; allerdings eben nur mit einem Atmungs-Überwachungsgerät. Auf seinen Bauch wurde ein Kontakt geklebt, der durch einen Schlauch mit einem batteriebetriebenen Überwachungsgerät verbunden war. Wenn er nicht mehr atmete, schlug das Gerät lautstark Alarm. Mit den gemachten Erfahrungen waren wir natürlich vorgewarnt. Ja, es könnte ganz schnell gehen, und Michi stünde wieder vor dem Sprung in die Ewigkeit. Dementsprechend wachsam waren wir. Nach einem Reanimationskurs für Babys wusste auch Margitta, was zu tun wäre. Sie schlug in Sachen Schnelligkeit alle Rekorde. In der Nacht konnte das Gerät mehrfach anschlagen. Die Nächte in diesem ersten Jahr waren von ständigen Schlafunterbrechungen und Adrenalin-Schüben geprägt. Dennoch gab uns dieses Gerät auch eine gewisse Sicherheit. Nein, wir wollten es gar nicht missen! Als die Ärzte nach einem Jahr ohne ernsthafte Zwischenfälle empfahlen, das Gerät wegzulassen, hatte Margitta innerlich solche Ängste, dass sie es fast nicht übers Herz brachte. Gleichzeitig war uns sehr wohl bewusst: Wenn Gott unseren Michi zu sich nehmen möchte, wird dieses Gerät dabei sowieso keine Rolle spielen.

Der Albtraum geht weiter
Nach einiger Zeit zu Hause bekam Michi Fieber und man suchte den Grund dafür. Es dauerte eine ganze Weile, bis herausgefunden wurde, dass sich Segelklap-

pen in seinem Harnleiter nicht zurückgebildet hatten. Dies führte zu einem Urin-Rückstau bis in die Nieren, was dann eine Infektion im ganzen Körper zur Folge hatte. Man erklärte uns, dass das nichts Dramatisches sei. Es käme bei Jungs öfters vor.

Bei den Vorbesprechungen zur Operation merkten wir aber, dass die Ärzte geteilter Meinung waren. Der Anästhesist riet dringend davon ab. Michi sei ein Risikofall. Er hätte eine sehr schwache Atemmuskulatur. Nach einer Vollnarkose würde er unter Umständen nicht mehr selbst anfangen zu atmen. Auf der anderen Seite müsste der Urin ausgeschieden werden, damit die Entzündung heilen könnte.

Also stimmten wir schweren Herzens der Operation zu – bangten und beteten.

Wir hätten ihm so gerne alle weiteren Schmerzen erspart. Aber das war eben nicht möglich. Wie konnten wir unserem Kind nur unser Bedauern ausdrücken? Allein die Infusion anzulegen war schon eine einzige Tortur. Weil seine dünnen Ärmchen und Beinchen keine nutzbaren Venen zeigten, wurde ihm die Kanüle am Kopf gelegt. Einmal brauchte es sieben Anläufe. Bei jedem Stich schrie Michi auf und weinte bitterlich – bei jedem Anlauf hielt man ihn nur noch fester auf dem Untersuchungstisch fest und drückte seinen Kopf auf die Unterlage, damit dem stechenden Arzt keine Zuckung zum weiteren Verhängnis wurde. Was muss in dem kleinen hilflosen Wurm vor sich gegangen sein – seelisch und körperlich. Michi musste doch langsam an unserer Liebe zu ihm zweifeln, wenn wir es zuließen, dass andere ihm immer wieder neue Schmerzen zufügten.

Dann passierte das für uns Unfassbare. Die erste Operation zeigte nicht den gewünschten Erfolg, sodass eine zweite notwendig wurde. Auch nach der zweiten Operation hatte sich der Rückstau in den Nieren scheinbar nicht zurückgebildet und wir kamen zu einer dritten. Um die Geschichte hier etwas abzukürzen: Auch diese dritte Operation brachte nicht den gewünschten Erfolg und zusätzlich bekam er im Krankenhaus eine Lungenentzündung, weil er mit einem infizierten Kind Bett an Bett lag.

Beim Gespräch mit dem Chefarzt über eine etwaige vierte Operation platzte mir der Kragen. Das konnte nicht wahr sein, dass Michi als stark risikogefährdeter Patient noch einmal die ganze Tortur über sich ergehen lassen sollte. Ich entzog dem Arzt das Vertrauen und verzichtete auf die weitere Betreuung von Michi in dieser Kinderklinik.

Schnell fanden wir einen Spezialisten in einer anderen Klinik. Als wir Michi bei ihm vorstellten, machte er nur einen einfachen Test und stellte fest, dass Michi keinen Rückstau in der Niere mehr hatte. Wir waren so erleichtert, dass keine weitere Operation durchgeführt werden musste. Allerdings waren wir entsetzt, als wir erfuhren, dass wahrscheinlich bereits nach der ersten Operation schon alles in Ordnung war. Auch an diesem Punkt gab es für uns viele quälende Fragen: Wo war Gott? Warum ließ er das alles zu? War das notwendig? Hatte Michi nicht schon genug Probleme? Hatte er nicht schon genug mitgemacht?

Unsere Krankenhaus-Erfahrungen waren auch auf andere Weise sehr ernüchternd. Wir sahen Kinder auf der Station, die kaum besucht wurden. Ein mongoloider Junge im Alter von Michi wurde beispielsweise von seinem Vater abgelehnt und nie besucht. Die Mutter durfte nur einmal in der Woche zwei Stunden bei ihm sein. Was geht in einem Kind vor, das in einem Krankenhausbett liegt und nie Wärme und Liebe erfährt? Ein kleines Mädchen sprach alle Männer auf der Station ohne weißen Kittel mit Papa an, weil es schon monatelang im Krankenhaus war, aber der eigene Papa nie kam. Es gab Eltern, die ihren Kindern Verletzungen zufügten, die Kinder dann ins Krankenhaus brachten und während der Behandlung schnell verschwanden, um ein freies Wochenende genießen zu können. Wir hatten Mitleid mit den Kindern und konnten diese Eltern nicht verstehen. In unserer Situation konnten wir diesen Kindern auch nicht helfen. Aber eines war sicher: Unserem Michi sollte es nicht so gehen!

Immer mehr wurde uns bewusst, wie wichtig es ist, dass Kinder in Not die Hilfe und Liebe ihrer Eltern bekommen. Wir wollten unserem Michi all die Liebe und Zuneigung geben, die er in seiner hilflosen Lage brauchte. Uns wurde immer deutlicher, dass wir nicht so sehr nach dem »WARUM?« fragen durften. Seit Beginn der Menschheitsgeschichte und dem Sündenfall im Garten Eden gibt es Leid, Schmerz und Tod auf dieser Erde. Wir können uns dem nicht entziehen. Die Fragen mussten von dem »Warum« zum »Wozu« kommen. Beim Nachdenken über diese ganze Problematik wurde uns das Unfassbare neu bewusst, das vor 2000 Jahren geschah: Gott ließ seinen einzigen, »gesunden« Sohn, Jesus Christus, aus Liebe zu uns sterben, damit wir gerettet werden können. Uns hätte es das Herz vollends gebrochen, wenn wir unseren Michi hätten loslassen müssen. Wie groß muss die Liebe Gottes sein! Und diese Liebe war es, die uns in jeder Minute und Sekunde unserer Familiengeschichte begleitete. Und gerade diese Liebe Gottes zu uns wollten wir ganz bewusst an Michi weitergeben.

Trotz allem glücklich

Unsere Familiensituation war sicherlich schwierig und belastend – trotzdem sind wir nicht bitter geworden, auch wenn wir uns unser Leben eigentlich ganz anders vorgestellt hatten. Egal wo wir hingehen, unser Michi ist immer dabei. Wir müssen für ihn mitdenken und ihn mitversorgen. Doch erstaunlicherweise ist er uns dadurch nicht zur Belastung geworden. Im Gegenteil: Diese Situation hat uns in unseren Persönlichkeiten geformt und geprägt. Im Bejahen dieser Aufgabe erfuhren wir einen tiefen Frieden im Herzen. Diesen Gewinn würden wir nicht gegen alle Gesundheit und scheinbaren Freiheiten dieser Welt tauschen wollen.

Anfangs hatten wir allerdings auch keinen Mut für ein weiteres Kind. Die Ärzte konnten uns nie genau sagen, welche Krankheit Michi hat. Man schloss auch nicht aus, dass es ein Gen-Defekt sein könnte. Dann würden Margittas und meine Gene nicht zusammenpassen und wir könnten keine gesunden Kinder bekommen. Wir ließen uns beraten. Bei der gentechnischen Beratungs-

stelle konnte man uns aber nur sagen, dass das Risiko, erneut ein behindertes Kind zu bekommen, bei 25 % liegen würde. Diese Zahl half uns überhaupt nicht weiter. Als wir absehen konnten, wie sich Michi entwickelte und wie viel Kraft wir für ihn brauchen würden, legten wir die Sache Gott hin. Die Freude war groß, als Maurice gesund geboren wurde.

Michael ist heute 14 Jahre alt und kann kaum gehen. Eigentlich ist er nur im Rollstuhl mobil. Er ist blind und hat eine Muskelschwäche. Manche seiner Gelenke haben Versteifungen. Zu unserem Bedauern spricht Michi kein einziges Wort. Das macht uns immer dann große Not, wenn wir merken, Michi würde uns gerne etwas mitteilen, aber wir verstehen es nicht. Einmal saßen wir als Familie am Tisch und weil wir Michis Anliegen nicht verstanden, fing er bitterlich an zu weinen. In unserer Hilflosigkeit mussten wir mitweinen. Es muss frustrierend sein, wenn man immer nur nach der Pfeife anderer tanzen muss, aber nie etwas selbst bestimmen kann. Eines kann er allerdings. Wenn er Melodien hört, dann kann er sie oft recht schnell nachsingen. Nicht den Text, aber die Melodie. Unser Maurice verkündete mit drei Jahren eine erstaunliche Wahrheit: »Unser Michi kann nicht sehen, nicht sprechen und nicht laufen. Aber er kann singen und lachen.« Ja tatsächlich, die deprimierende Prophezeiung, dass Kinder nur lachen lernen, wenn sie andere lachen sehen, hat sich zum Glück nicht erfüllt. Unser Michi lacht gern und auch ganz verschmitzt, und wir lachen gerne mit ihm.

Und das macht auch unsere Familie aus: Wir lachen viel miteinander und sind fröhlich. Sicher ist das auch ein Grund, warum Michi in seinem Wesen sehr ausgeglichen ist. Das bestätigen uns selbst Ärzte, die ihn behandeln.

Nach vielen Kämpfen, Fragen und Verunsicherungen haben wir verstanden und akzeptiert, dass es unsere Lebensaufgabe ist, für Michi da zu sein. Und diese Gewissheit schließt das feste Vertrauen mit ein, dass auch Michi seine von Gott gegebene Aufgabe an uns erfüllt.

Christa Schwabe

Zerstörte Träume!

 Nach einer längeren Schönwetterperiode hatte die Witterung umgeschlagen. An diesem Tag im Mai nieselte es leicht. Der Regen vermischte sich mit dem Staub der Straße und ließ einen gefährlichen Schmierfilm entstehen.

Nach einem gemeinsamen Frühstück machte sich Lutz, mein Mann, wie jeden Tag mit dem Auto auf den Weg zur Arbeit. Als wir uns verabschiedeten, ahnte ich nicht, dass dieser Tag unser Leben grundlegend verändern würde. Lutz arbeitete in der Firma seines Vaters. Er hatte die Firma beinahe erreicht, als er in einer Linkskurve auf der glitschigen Fahrbahn die Kontrolle über sein Fahrzeug verlor. Ohne es verhindern zu können, rutschte er mit dem Auto in ein entgegenkommendes Fahrzeug hinein.

Sein Wagen wurde bei dem Aufprall bis zur Mittelkonsole eingedrückt und Lutz war so schwer verletzt, dass er mit dem Rettungswagen in die Unfallklinik nach Bochum gebracht werden musste. Der Unfallgegner blieb unverletzt, erlitt jedoch einen Schock, als er von der ganzen Tragweite der Unfallfolgen bei Lutz hörte.

Ich hatte gerade die Kinder zum Kindergarten gefahren. Während der Fahrt öffneten sie ihre Sicherheitsgurte und ich erklärte ihnen, wie gefährlich das sei. Schließlich könne es bei dieser Witterungslage schnell zu einem Autounfall kommen. Im Nachhinein betrachtet ist es erstaunlich, dass wir ausgerechnet an jenem folgenschweren Tag dieses Gespräch führten. Zu Hause angekommen, empfing mich mein Schwiegervater bereits an der Tür und sagte:»Christa, Lutz hat kurz vor der Firma einen schweren Unfall gehabt. Wir wissen noch nicht, wie schlimm es ist. Wir sollen sofort in die Unfallklinik nach Bochum kommen!«

Ich erschrak sehr, versuchte aber, mich selbst zu beruhigen, indem ich dachte:»Warte erst einmal ab, was die Ärzte sagen.« Dass Lutz wirklich schwer verletzt sein könnte, war einfach unvorstellbar. So ließ ich den »Jüngsten« bei meiner Schwiegermutter und fuhr mit meinem Schwiegervater ins Krankenhaus.

Dort angekommen sah ich, wie Lutz auf einer Liege in den CT-Raum geschoben wurde. Er war mit Blut überströmt und nicht bei Bewusstsein. In diesem Moment ahnte ich bereits, dass es noch viel schlimmer sein würde, als ich überhaupt gedacht hatte. Lutz' älterer Bruder Stefan war auch sofort gekommen. Gemeinsam warteten wir auf eine erste Auskunft der Ärzte.

Wir standen in der Eingangshalle des Krankenhauses, als der Neurologe aus dem CT-Raum auf uns zukam und uns kurz und bündig mitteilte:»Der Patient wird wohl die nächsten 48 Stunden nicht überleben. Und das ist wahrscheinlich auch besser für ihn.« Nach dieser erschütternden Nachricht ließ er uns stehen und ging wieder seiner Arbeit nach.

Ich war wie vor den Kopf gestoßen. Die Situation erschien mir irgendwie völlig irreal. Ich hatte geradezu das Gefühl, einen Film zu durchleben. Doch wie konnte ich diese Schreckensszene beenden, wo war der Knopf, um den Film auszuschalten? Das konnte unmöglich wahr sein! Würde Lutz tatsächlich so bald sterben? Wird man wirklich so plötzlich und unverhofft aus einem »ganz normalen« Leben herausgerissen? Würde ich tatsächlich mit 32 Jahren schon Witwe werden? Wie sollte ich das nur den Kindern beibringen? Ich konnte es einfach nicht glauben …

Eine ganz normale Familie
Bis zum 2. Mai 1996 waren wir eine ganz normale junge Familie mit drei Söhnen im Alter von sieben, fünf und drei Jahren. Wir lebten seit unserer Hochzeit vor acht Jahren im Haus neben meinen Schwiegereltern und hatten ein gutes Verhältnis zueinander. Die Wohngegend war eher ländlich und wir fühlten uns hier sehr wohl. Lutz und ich verstanden uns sehr gut. Er vereinigte für mich viele gute Dinge in einem: Ehemann, Freund, Vertrauter, Berater und vieles mehr. Wir kannten uns schon lange, da wir in dem gleichen Umfeld aufgewachsen waren.

Als Jugendliche lernten wir uns durch gemeinsame Aktivitäten mit Gleichaltrigen in einer christlichen Gemeinde besser kennen. Lutz war sehr dynamisch und schon damals in vielem ein Vorbild für mich.

Am 16. Oktober 1987 heirateten wir und bekamen nach und nach unsere drei Söhne. Wir engagierten uns weiterhin in der Jugendarbeit und lebten sicherlich so, wie viele andere junge Familien auch. Sollte dies alles nun vorbei sein?

Auf dem Weg vom Krankenhaus nach Hause wurde mir die Tragweite dessen, was der Arzt gesagt hatte, erst richtig bewusst. Ich holte die Kinder aus dem Kindergarten ab, erzählte ihnen jedoch nicht, dass ihr Papa vielleicht bald sterben würde. Ich sagte lediglich, dass er einen Unfall gehabt habe und im Krankenhaus liege. Die Kinder erschraken zwar, konnten die Trag-

weite des Unglücks aber bei weitem nicht erahnen. Ich nahm mich sehr zusammen, um nicht vor ihnen weinen zu müssen. Auch Lutz' Mutter, die wir immer liebevoll Omi nannten, war wie erstarrt.

Nach den ersten 48 Stunden atmete ich auf. Der Arzt hatte uns ja erklärt, dass die ersten Stunden darüber entscheiden, ob er leben oder sterben würde. So ging ich voller Erwartungen ins Krankenhaus, um zu hören, was der Arzt nun sagen würde. Er holte mich in das Arztzimmer und teilte mir mit, dass Lutz zwar die ersten zwei Tage überlebt habe, aber die rechte Rippe in die Lunge gedrückt worden sei. Das habe eine Lungenblutung verursacht, woraus sich wahrscheinlich eine Lungenentzündung ergeben würde. Lutz würde voraussichtlich innerhalb der nächsten fünf Tage sterben. Wieder war mir jegliche Hoffnung genommen.

Das Schlimmste war der Gedanke, dass er jeden Moment sterben könnte und ich nicht bei ihm sein würde. Jeden Tag besuchte ich ihn, weil ich es zu Hause kaum noch aushielt. Nicht zu wissen, wie es ihm im Moment gerade ging, war unerträglich. Mir tat es einfach gut, an seinem Bett zu stehen. Er lag immer noch im Koma. Nur die pulsierende Halsschlagader zeigte mir, dass er noch lebte.

Den Kindern gegenüber bemühte ich mich, stark zu sein. Aber abends hatte ich das Gefühl, die Wände würden auf mich zustürzen und mich erdrücken. Mir wurde so schlecht, dass ich mich fast übergeben musste. Ich wusste nicht, wie ich diese Ungewissheit aushalten sollte. In meiner Verzweiflung begann ich zu Gott zu rufen: »O Gott, Du weißt, was passiert ist. Ich verstehe es nicht. Ich weiß auch nicht, wie ich es ertragen soll. Bislang ist mir immer gesagt worden, und ich habe es auch geglaubt, dass man Dir vertrauen kann, dass Du es gut mit uns meinst und nur das Beste für uns willst. Ich möchte Dir auch jetzt vertrauen, obwohl wir nun Dinge erleben, die uns nicht gefallen und die wir nicht verstehen. Aber ich weiß nicht, wie ich mit dieser Ungewissheit fertig werden soll. Sag mir doch bitte, wird Lutz leben oder wird er sterben?«

Weil ich so dringend nach einer Antwort suchte, schlug ich die Bibel auf. Schließlich ist sie Gottes »Brief« an uns Menschen. Mein Blick fiel auf eine Stelle in Psalm 72, Vers 15: »Und er wird leben …!«

Diese Worte haben mich sehr getroffen. Konnte das wahr sein? Hatte Gott mir auf meine Frage gleich beim ersten Aufschlagen der Bibel deutlich geantwortet? Es gibt so viele andere Zusagen in der Bibel, und diese hatte ich noch nie bewusst gelesen. Ich nahm sie für mich ganz persönlich und empfand es als deutliches Reden Gottes. Dankbar und froh konnte ich zum ersten Mal wieder eine Nacht ruhig schlafen.

So oft wie möglich fuhr ich ins Krankenhaus. Die Ärzte empfahlen mir, die Stimmen unserer Kinder auf Tonband aufzuzeichnen und Lutz vorzuspielen. Als ich Lutz die Stimmen im Krankenhaus vorspielte, bewegte er zum ersten Mal einen Daumen. Ich war sehr aufgeregt. Wenn ich mit ihm redete oder ihn streichelte, ging seine Herzfrequenz nach oben. Ich hatte das Gefühl, dass er mich wahrnahm.

Von Freundinnen aus unserer christlichen Gemeinde bekam ich sehr große Unterstützung. Regelmäßig kochten sie für mich und meine Kinder, damit ich Lutz zweimal am Tag besuchen konnte. Vormittags waren die Kinder im Kindergarten und nachmittags brachte ich sie in verschiedene Familien. Aber ich merkte auch bald, dass das auf Dauer nicht gut für sie war.

So war ich froh zu erfahren, dass mir von der Krankenkasse eine Kinderbetreuung während des Krankenhaus-Aufenthaltes von Lutz zustand. Ich fand eine sehr nette Frau, die häufig mit ihren Töchtern kam, um nachmittags mit den Kindern zu spielen und sie zu beaufsichtigen.

Apallisches Syndrom – Wachkoma
Nach elf Tagen öffnete Lutz zum ersten Mal ein Auge und am zwölften Tag auch das andere. Aber er konnte seine Augen nicht still halten. Sie wanderten ständig von rechts nach links und zurück. Außerdem bemerkte ich blaue Flecken in den Achselhöhlen. Die Ärzte erklärten mir, dass sie Reaktionstests machen müssten, um zu sehen, ob Lutz normal reagiere. Langsam fingen auch seine Arme an, sich zu bewegen. Die Bewegungen waren wellenförmig und zeugten nach Auskunft der Ärzte von einer Hirnschädigung.

Wenn ich kam, hatte ich das Gefühl, als wollte Lutz mich kurz fixieren und seine Augen still halten. Als ich dem Professor davon erzählte, entschuldigte er sich dafür, mich enttäuschen zu müssen. Er meinte, dass ich mir das wahrscheinlich nur einbilden würde. Sie hätten noch nicht bemerkt, dass Lutz irgendetwas bewusst ansehen könne oder wolle. Er erklärte mir, dass mein Mann sich im sogenannten apallischen Syndrom – dem Wachkoma – befände. Darüber gäbe es sehr viel Literatur, und es wäre gut, wenn ich mich mit diesem Thema auseinandersetzen würde.

Doch ich wollte damit noch warten, denn ich hatte das Gefühl, dass mich diese Auseinandersetzung zusätzlich kraftlos machen würde. Eine Zeit lang wollte ich mich noch von Hoffnung tragen lassen, weil ich spürte, dass dies eine Kraftquelle für mich war.

Als ich Lutz wenig später auf der Intensivstation besuchte, erklärte eine Krankenschwester der Patientin im Nachbarbett sehr detailliert, was es bedeutet, im Wachkoma zu sein. So kam ich ungewollt zu dem Wissen, was uns in Zukunft erwarten würde.

Wachkoma-Patienten leben in einer Welt zwischen Bewusstlosigkeit und Wachzustand. Sie haben die Augen geöffnet und atmen ohne fremde Hilfe. Die meisten dieser Patienten haben einen normalen Schlaf-Wach-Rhythmus. Sie empfinden Schmerzen und zeigen körperliche Regungen. Doch sie können aus eigener Kraft keinen Kontakt zu ihrer Umgebung aufnehmen. Eine Prognose, ob ein Patient aus diesem Zustand wieder herausfindet und ein selbstständiges Leben führen kann, ist so gut wie unmöglich.

Jedes Jahr fallen in Deutschland mehrere tausend Menschen ins Wachkoma. Die Ursachen können Verkehrs- oder Sportunfälle, Gehirntumore, Schlaganfälle, Blutungen oder Entzündungen des Gehirns sein. Manche liegen nur Tage im Koma, andere über Jahre hinweg. Auch im Koma sind Menschen durch ihren Körper und ihre lebendigen Sinne mit der umgebenden

Natur und anderen Menschen verbunden. Positive Anregungen, Berührungen oder Geräusche können den Patienten animieren, Reaktionen zu zeigen und seinen Lebenswillen zu äußern. Vor allem in familiärer Umgebung können selbst noch nach Jahren erstaunliche Entwicklungsfortschritte gemacht werden.

In der Regel sagt man, dass ein Drittel der Wachkoma-Patienten wieder selbstständig leben kann, ein Drittel wird »gesellschaftsfähig«, das heißt, sie können alleine essen und trinken, und ein Drittel bleibt schwerstbehindert und pflegebedürftig.

Mein Mann konnte nichts nach seinem erkennbaren eigenen Willen tun. Eigentlich war er ein Gefangener seines eigenen Körpers.

Lutz blieb insgesamt sieben Wochen in der Unfallklinik, bevor er einen Platz in der Rehaklinik Hattingen-Holthausen bekam. Gegen Ende des Aufenthalts in der Unfallklinik bestätigten die Ärzte, dass Lutz seine Umgebung wahrnehmen würde.

Mittlerweile konnte er auch wieder selbstständig atmen. Die Nahrungsaufnahme funktionierte jedoch nicht. Er öffnete den Mund nicht auf Ansprache, sodass ihm eine Magensonde gelegt werden musste.

Eines Tages durfte ich unsere Kinder mit in die Klinik nehmen. Sie hatten ihren Papa schon so lange nicht gesehen! Ich versuchte, sie schonend auf das vorzubereiten, was sie erwartete. Doch sie waren einfach nur froh, ihren Papa wiederzusehen. Mittlerweile standen seine Augen auch wieder richtig und er schaute sie lange an. Wir versuchten, ihm Fragen zu stellen, die er mit Augenzwinkern beantworten sollte. Sechs Mal reagierte er richtig, doch wir waren uns nie hundertprozentig sicher. David legte dann einfach glücklich seinen Kopf auf Lutz' Arm, schloss genießerisch die Augen und streichelte seinen Papa. Dabei bemerkte er, dass Lutz schwitzte. So holte er ein Tuch und wischte ihm liebevoll den Schweiß weg. Er war glücklich, etwas für seinen Papa tun zu können.

Dann kam der Wechsel in die neue Klinik, den ich als sehr positiv empfunden habe. Die Schwestern versuchten mir Mut zu machen, indem sie aufzählten, was sich noch alles verändern könnte.

Der Arzt kam und untersuchte Lutz in meinem Beisein. Er machte Reflextests am Auge, an Armen und Beinen, Füßen und Bauch. Lutz' rechter Arm und sein rechtes Bein reagierten nicht auf Schmerz, auch die Reflexe kamen nicht so, wie es sein müsste. Das rechte Auge reagierte etwas auf Licht. Der Arzt sagte nicht viel, er meinte nur, dass es sehr lange dauern würde.

Dann wurden meinem Mann verschiedene Therapien verordnet: Krankengymnastik, Sprachtherapie, Ergotherapie und Musiktherapie. Wir führten ein Kommunikationsbuch für die Therapeuten, die Familie und die Besucher ein. Es war wie eine Art Gästebuch. Jeder konnte Eindrücke aufschreiben, die ihm wichtig waren. Die Therapeuten luden mich ein, teilweise bei den Therapien mit dabei zu sein. Sie erhofften sich dadurch einen größeren Erfolg. Die Schwierigkeit in der Zusammenarbeit mit Lutz lag auch darin, ein ausgewogenes Maß an Medikamenten zu bestimmen, denn diese machten ihn sehr müde. Und diese Müdigkeit hatte zur Folge, dass er kaum mitarbeiten konnte. Trotzdem hatte ich die ersten zwei Monate den Eindruck, es gehe bergauf.

Mit der Zeit jedoch bedrückte es mich immer mehr, dass ich die Augenbewegungen meines Mannes auf meine Fragen nicht eindeutig als Antworten deuten konnte. Außerdem fiel es mir immer schwerer, hoff-

nungsfroh zu sein und das auch vor den Kindern auszustrahlen. Dazu verschlechterte sich plötzlich der Zustand meines Mannes: Die Spasmen verstärkten sich,
sein Kopf ging immer mehr zur linken Schulter, die
Muskeln waren so verhärtet, dass man ihn nicht mehr
gerade bekam. Seine Arme pressten sich immer enger
an den Körper und die Handgelenke rollten sich nach
innen, sodass Deformierungen sichtbar wurden. Er
konnte sein linkes Bein kaum noch gerade ausstrecken.
Schließlich hatte sich sein Zustand so sehr verschlech-
tert, dass man die Ferse des linken Fußes kaum mehr
als zehn Zentimeter vom Gesäß wegbekam. Sein ganzer Körper nahm immer mehr eine embryonale Stel-
lung ein.

Bis zu diesem Zeitpunkt hatte ich gebetet, gehofft
und darauf vertraut, dass Gott uns helfen würde. Ich
konnte mir einfach nicht vorstellen, dass er es dabei
belassen könnte. Gott war für mich immer nur ein lie-
bevoller Gott – er passte auf uns auf und half uns in
allen Lebenslagen. Ich kam zu der Überzeugung, dass
wir jetzt zwar eine harte Zeit der Prüfung durchleben
müssten, dass Gott aber am Ende ein Wunder tun und
wir über seine Größe und Güte jubeln würden. Das
war für mich wie eine Abmachung mit Gott: Ich vertraue ihm, jammere nicht und letztendlich lässt er ein
Wunder für uns geschehen.

Doch je länger dieser Zustand andauerte und je
schlimmer es wurde, desto weniger konnte ich glauben und vertrauen. Plötzlich stellten sich Hirnkrämpfe bei Lutz ein. Als ich an einem Nachmittag das Krankenzimmer betrat, zuckte er am ganzen Körper. Er hatte sich auf die Unterlippe gebissen, die dick geschwol-
len und blau war. Eine Schwester bat mich, ihm einen
Gummikeil zwischen die Zähne zu schieben, damit er

sich nicht erneut beißen konnte. Man gab Lutz Valium, woraufhin er fast zwei Tage lang ruhig schlief.

Diese Krämpfe wiederholten sich immer öfter und der Arzt erklärte mir, dass dies bei Hirnverletzungen normal sei. Er bekäme jetzt Medikamente dagegen.

Nach einem halben Jahr hatte ich jede Hoffnung auf Wiederherstellung verloren, weil sich die körperliche Verfassung meines Mannes in dieser Zeit zunehmend verschlechterte. In seinen wachen Augenblicken merkte ich zwar, dass er seine Umgebung deutlicher wahrnahm, aber im Hinblick auf Selbstständigkeit oder Fortschritt von körperlicher Aktivität war nichts zu sehen.

Zu diesem Zeitpunkt bekam ich von einem Freund meines Mannes einen Liedtext zugeschickt:

Manchmal glaube ich kaum,
was da schon hinter mir liegt,
wie die Dinge sich ändern, wie die Zeit verfliegt.
Ich bin nicht mehr dieselbe, doch ich spüre, ich bin
auch noch längst nicht am Ziel, ich bin erst am Beginn.

War der erste Schritt auch der größte für mich,
bringt doch nun jeder Tag neue Schritte mit sich.

Ich wag' den weiten Blick nach vorn und zurück,
seh' auf Gewinn und Verzicht, fühle Trauer und Glück.
Und denk' ich auch manchmal, hinter mir läg' schon viel;
es ist ein langer Weg bis zum Ziel.

Ich bin Spuren gefolgt, und ich weiß:
Vor mir geh'n schon so viele,
die Spuren von anderen seh'n.
Vor uns allen ging einer, und der geht auch mit mir,
und der bahnte den Weg, gab sein Leben dafür.

Nein, ich bin nicht die Erste, und ich geh' nicht allein,
und ich werd' auf dem Weg auch die Letzte nicht sein.

Ich wag' den weiten Blick nach vorn und zurück,
und ich schaue auf Jesus, und ER zieht mich ein Stück.
Und ich halt' mich daran, dass ER mitgehen will
auf dem weiten Weg bis zum Ziel.

Nach etwa einem halben Jahr Aufenthalt in der Reha-Klinik erklärten mir die Ärzte, dass sie nicht mehr mit gravierenden Fortschritten bei Lutz rechneten. Da die Plätze in den Reha-Kliniken in Deutschland rar seien, rieten sie mir, Lutz in ein Pflegeheim zu geben, das ungefähr zwei Autostunden von unserem Wohnort entfernt lag. Darauf solle ich aber nicht achten, denn eine tägliche gute Pflege sei wichtiger als täglicher Besuch!

Geht es noch schlimmer?
Ein solches Tief wie an diesem Tag habe ich während der gesamten Krankengeschichte nicht erlebt. Ich verstand das alles nicht mehr. Sollte ich Lutz jetzt fast ganz verlieren – sollte ich ihm nicht mehr so beistehen können wie bisher? Ich spürte doch, wie sehr er mich brauchte. Ich würde keine Kinderbetreuung mehr bekommen, wenn Lutz ins Pflegeheim käme. Bei solchen Entfernungen könnte ich ihn höchstens zweimal pro Woche besuchen. Außerdem schlief er vormittags meistens. Ich müsste die Kinder mitbringen oder sie bei Freunden abgeben. Es würde sehr, sehr schwer werden. Ich hatte das Gefühl, in Zukunft immer einen Spagat zwischen Lutz und den Kindern leben zu müssen. Es sei denn, ich holte ihn nach Hause und würde ihn selbst pflegen. Ich äußerte meinen Wunsch gegenüber den Ärzten.

Doch auch diese Lösung war alles andere als ein »Zuckerschlecken«! Zunächst begutachteten die Thera-

peuten und der Leiter des ambulanten Pflegedienstes unsere Wohnung mit nur zwei
Zimmern auf jeder Etage und
einem sehr engen Treppen-
haus. Diese Wohnung konnte
nur eine absolute Übergangs-
lösung sein. Ich müsste mir
etwas anderes suchen, wenn
ich Lutz wirklich zu Hause
pflegen wollte, so das fach-
kundige Urteil. Was sollte ich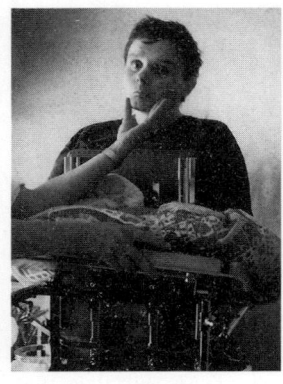
tun? Es war schon schwer genug, mit drei Kindern eine
Wohnung zu finden. Aber nun auch noch behindertengerecht? Und wo war Gott in dieser ganzen Situation?
Wieso ließ er so etwas zu? Warum griff er nicht ein? Er
war doch bisher das Fundament meines Lebens. Musste ich diese Vorstellung nun aufgeben? Hatte ich mich
bisher immer selbst belogen? War mein Glaube eine
Illusion – Gott nur ein Produkt meiner Einbildung?
Wie konnte diese Tragödie der Wille eines liebenden
Gottes sein? Konnte diese Situation wirklich zu Gottes
Plan für unser Leben gehören, auch wenn ich es überhaupt nicht verstehen konnte?

Mir wurde bewusst, dass ich ganz konkrete Vorstellungen davon hatte, wie Gott vorgehen sollte und wie
seine Hilfe aussehen müsste: Ich wollte ihm vertrau-
en, und er sollte Wunder tun! Was aber, wenn das gar
nicht sein Plan und Wille war?

Wäre ich auch bereit, unsere Lebenssituation anzunehmen, wenn sie sich gar nicht nach meinen Vorstellungen und Wünschen entwickeln würde? Das war
eine sehr schwere Frage, und alles in mir lehnte sich
dagegen auf. Trotzdem musste ich mich mit dieser Fra-

ge auseinandersetzen und eine Antwort finden. Mir war klar, dass eine innere Ablehnung unserer Lebenssituation – die ich ja sowieso nicht grundlegend ändern konnte – Bitterkeit, Frust und Verzweiflung in meinem Herzen bedeuten würde. Doch würde ich zu diesem schweren Weg ein »Ja« finden? Schließlich wurde aus dem Gebet um ein Wunder für meinen Mann ein Gebet um ein Wunder in meinem Herzen.

Zu diesem Zeitpunkt wurde meiner Schwester und ihrem Mann in unserer Stadt ein Baugrundstück angeboten. Sie hatten schon zwei Jahre lang nach einem geeigneten Bauplatz gesucht. In dem Baugebiet waren noch mehrere Grundstücke frei. Sie fragten mich, ob ich mir vorstellen könne, zu bauen. Im ersten Moment dachte ich: Na, wovon denn bloß?

Doch noch in der gleichen Woche kam mein Schwiegervater auf mich zu und erinnerte mich daran, dass alle Mitarbeiter seiner Firma, die beruflich häufig unterwegs sein müssen, unfallversichert seien.

Außerdem erfuhr ich, dass die gesetzliche Unfall-Versicherung den Hausbau bezuschussen würde, denn ein Aufenthalt in einem Pflegeheim wäre um ein Vielfaches teurer als die Pflege zu Hause. Mit diesen finanziellen Mitteln in Aussicht konnte ich es mir schon eher vorstellen, ein derart großes Vorhaben anzugehen. Zumal dies auch eine Voraussetzung dafür sein würde, dass ich Lutz zu Hause pflegen durfte. Denn ohne eine geeignete Wohnung wäre ein Platz im Pflegeheim unausweichlich.

Und was wird morgen sein …?

In dieser Zeit verstärkten sich wieder Lutz' Spasmen. Und dann kam der eine schreckliche Tag, an dem meine Hoffnungen auf eine bessere Zukunftsperspektive völlig zerbrachen. Der behandelnde Arzt teilte mir mit, dass für Lutz schon ein sehr hohes Ziel erreicht sei, wenn er mir eines Tages mit den Augen bewusst antworten könne. An Laufen, Sprechen oder andere Selbstständigkeit sei gar nicht zu denken. Er gab mir auch zu bedenken, dass mich eine Pflege zu Hause mit den Kindern überfordern könnte.

Ich wusste, dass er eigentlich recht hatte und es nur gut meinte, aber diese Einwände machten mir die Entscheidung nicht leichter. Außerdem hatte ich das Gefühl, dass Lutz einiges aus seiner Umgebung wahrnahm. Wie würde er sich bei dem Gedanken fühlen, nie mehr nach Hause zu kommen? Mit 32 Jahren die eigene Familie nicht mehr miterleben zu können und unter kranken oder alten Menschen leben zu müssen – unvorstellbar, zumal Lutz ein ausgesprochener Familienmensch war.

Es dauerte über eine Woche, bis ich ruhiger wurde und meine Hoffnung wieder auf Gott setzen konnte. Ich nahm mir vor, mir nicht mehr den Kopf über die Zukunft zu zerbrechen. Egal was passieren würde, ich wollte Lutz bis zuletzt begleiten!

Tröstliche Worte gaben mir dazu neue Kraft:

»Wenn du dein Herz fest ausrichtest und deine Hände zu ihm ausbreitest …! – ja, dann wirst du dein Gesicht erheben ohne Makel und wirst unerschütterlich sein und dich nicht fürchten.

Denn du wirst die Mühsal vergessen, wirst an sie denken wie an vorbeigeflossenes Wasser, und heller als der Mittag wird dein Leben aufgehen; mag es finster sein – wie der Morgen wird es werden.

Und du wirst Vertrauen fassen, weil es Hoffnung gibt; und du wirst Ausschau halten, in Sicherheit dich niederlegen.

Und du liegst da, und niemand wird dich aufschrecken, ...«
(Die Bibel, Hiob 11, Verse 13-19)

Wieder wollte ein Arzt mit mir sprechen. Ich sollte Lutz einen ganzen Tag hindurch alleine im Krankenhaus pflegen, um festzustellen, ob ich mit dieser Situation zurechtkommen würde. Ich fand diese Idee sehr gut und war dankbar, nicht nach Lutz' Entlassung ins kalte Wasser geworfen zu werden.

In der gleichen Woche fand mein Schwiegervater einen Zeitungsartikel, in dem Selbsthilfegruppen dazu rieten, hirnverletzte Patienten wenn möglich zu Hause in gewohnter Umgebung zu pflegen und möglichst viel Hilfe von außen hinzuzuziehen. War das doch der richtige Weg für uns, der sich nun abzeichnete?

Nachdem ich die finanzielle Lage für einen Hausbau schon positiv geklärt hatte, stellte ich mir zwei Fragen, die mir sehr wichtig waren:

• Ist dies auch wirklich der Weg, den Gott für uns will, oder bin ich so naiv, dass ich mich selbst überschätze? Ich hatte zuvor nicht einmal eine Waschmaschine alleine gekauft! Lutz und ich hatten immer alles besprochen, und nun sollte ich ein ganzes Haus alleine bauen und das auch noch behindertengerecht? Außerdem brauchte ich auch eine Ermutigung, um genügend Kraft für die Pflege zu haben. So bat ich Gott um ein Zeichen, das mir ganz deutlich machen sollte, ob dies der richtige Weg für uns war.

Und die Antwort kam:
Aus Zeitgründen hatte ich meinen Schwager gebeten, mir unverbindlich für einen Monat ein Grundstück in ihrem Baugebiet reservieren zu lassen. Als ich es mir anschaute, gefiel es mir jedoch nicht. Die Häuser lagen so nah beieinander, dass unser Garten von den Nach-

barn völlig einsehbar gewesen wäre. Ich wünschte mir aber, vielleicht einmal ungestört mit Lutz essen üben zu können.

Als ich meinem Schwager diese Bedenken telefonisch mitteilte, berichtete er, dass es noch weitere Grundstücke gäbe, die jedoch mindestens 90.000 Deutsche Mark teurer seien. Da ich aber so günstig wie möglich bauen wollte, verwarf ich die Wahl eines anderen Grundstücks sofort. Zehn Minuten nach diesem Telefongespräch rief ich die Versicherung an, um eine Angelegenheit zu klären. Die Sachbearbeiterin fragte mich: »Wissen Sie eigentlich, dass Sie nicht nur Geld aus der Unfallversicherung bekommen, sondern auch aus der Insassen-Unfallversicherung?« Ich war erstaunt und fragte, wie viel das denn sei, und sie antwortete: »Genau 90.000 Deutsche Mark.« Exakt der Betrag, der mir zu einem anderen Grundstück fehlte, wurde mir nun zugesagt! Ich konnte es kaum glauben. Das war für mich das Zeichen, welches ich erbeten hatte. Es konnte kein Zufall mehr sein, dass alles so genau passte.

• Was würde wohl mein Mann dazu sagen, wenn wir aus unserer alten Wohnung auszögen? Wäre Lutz wohl auch mit einem Umzug einverstanden?

Noch eine Antwort:
In der gleichen Woche bekam ich aus dem Unfallwagen die Aktentasche meines Mannes, in der auch sein Terminkalender war. Als ich darin blätterte, stieß ich auf folgende Notizen, die Lutz während eines Mitarbeiter-Seminars für Kinderarbeit gemacht hatte. Sie hatten sich mit der Geschichte des Volkes Israel beschäftigt und mit einer Zeit, in der die niedergerissenen Mauern Jerusalems wiederaufgebaut werden sollten. In der schwierigen Situation, in der sich die Israeliten

damals befanden, war dies ein fast aussichtsloses Unterfangen. Lutz schrieb sich als Fazit dieser Geschichte folgenden Satz auf: »Nehemia organisierte betend alles Menschenmögliche und überließ den Ausgang Gott.« Das war für mich die Antwort meines Mannes darauf, ob ich mit dem Bau beginnen sollte oder nicht.

Nun hatte ich die beiden Antworten, die mir so wichtig waren. In diesem Moment fiel alle Angst vor diesem großen Projekt von mir ab.

Einige Tage später erzählte mir meine Schwester, dass das ursprünglich bereits vergebene Grundstück neben ihrem wieder frei geworden sei. Es lag offensichtlich ein Planungsfehler vor. Ich wusste, dass dies das richtige Grundstück war, und bewarb mich sofort darum. Jetzt gab es endlich wieder eine Zukunftsperspektive für uns, und unsere Familie würde nicht auseinandergerissen werden.

Sieben Monate später …
Nun waren bereits sieben Monate seit Lutz' Unfall vergangen. Weihnachten 1996 stand vor der Tür und ich war glücklich, dass wir Lutz für diese Tage zum ersten Mal nach Hause holen durften. Es sollte auch eine Probe dafür sein, wie ich seine Pflege und die Versorgung der Kinder bewältigen würde. Ich werde nie dieses Gefühl vergessen, als Lutz nach den Weihnachtstagen wieder abgeholt wurde. Uns allen saß ein dicker Kloß im Hals. Es tat so gut, Lutz damit trösten zu können, dass er nun die längste Zeit in der Klinik gewesen sei. Bald wären wir wieder alle zusammen. Wir waren zwar dankbar, dass es solche Kliniken gab, aber wir freuten uns auch wieder auf ein Familienleben.

Ende Februar 1997 war es dann so weit. Nach einigen weiteren Probe-Wochenenden und räumlichen

Vorbereitungen in unserer damaligen Wohnung wurde Lutz mit dem Krankenwagen nach Hause gebracht. Planung und Bau des Hauses waren noch nicht abgeschlossen, sodass wir unser neues Zusammenleben ein halbes Jahr lang in der alten Wohnung bewältigen mussten.

Nachdem Lutz erst zwei Tage wieder zu Hause war, hatte ich schon das Gefühl, dass er entspannter sei. Nach vier Tagen öffnete er zum ersten Mal den Mund, um etwas Wackelpudding zu essen. Das hatte er in der Klinik nie getan. Wir arbeiteten auch gezielt an seinem Spasmus, damit er sein Bein vielleicht einmal wieder ausstrecken könnte. Durch seine entspanntere Körperhaltung benötigte er nicht mehr so viele Medikamente. Er war dadurch weniger müde und konnte besser mitarbeiten. Wir hatten den Eindruck, dass er mithelfen wollte. Nach einem halben Jahr war er wieder dazu in der Lage, alles essen zu können. Es war zwar ein langer Weg, aber es funktionierte – es sei denn, er war zu müde.

Allerdings musste er weiterhin parallel morgens und abends mit Nahrung und Flüssigkeit per Magensonde versorgt werden, weil eine Mahlzeit mindestens eineinhalb Stunden dauerte. Er hätte es kräftemäßig nicht geschafft, häufiger gefüttert zu werden.

Nach einiger Zeit konnte er auch sein Bein wieder komplett ausstrecken. Mit der Krankengymnastin stellten wir ihn regelmäßig auf ein Stehgerät, damit er wieder ein Körpergefühl bekam. Für mich selbst waren die Kontakte zu den Therapeuten und Pflegern sehr wichtig. Die Pfleger kamen morgens und abends und die Therapeuten sechsmal pro Woche. Sie gaben mir viele hilfreiche Ratschläge. Mit der Zeit entwickelte sich zu allen ein freundschaftliches Verhältnis und wir verstanden uns alle sehr gut. Eine Frau vertrat mich darüber hinaus einmal im Jahr zu Hause, damit ich mit den Kindern in Urlaub fahren konnte.

Unser neues Haus musste natürlich behindertengerecht gebaut werden. Deswegen besorgte ich mir Broschüren über »Behindertengerechtes Wohnen« und durchdachte exakt den täglichen Pflegeablauf. Manchmal lag ich nachts wach und rechnete nach, ob ich nun doch längerfristig finanzieren müsste. Aber wieder einmal bekam ich genau zum richtigen Zeitpunkt eine Antwort: Die Versicherung rief mich an und teilte mir mit, dass ich weitere Gelder aus der Überschussbeteiligung bekommen würde. Ich spürte, dass Gott mit mir war. Er half mir in allem, auch bei der Planung.

Zum Beispiel musste ja auch ein behindertengerechtes Badezimmer geplant werden. Der Leiter des ambulanten Pflegedienstes empfahl mir, zur Entlastung meines Rückens eine Badewanne mit Hebevorrichtung zu kaufen, die mir aber zu teuer erschien. So überlegte ich, die Badewanne alternativ auf einen Sockel zu stellen, um eine Arbeitshöhe von 90 Zentimetern zu erreichen. Nachts träumte ich dann davon, ein wunderschönes Badezimmer zu haben, Lutz aber mit Hilfe des sogenannten Liftertuchs nicht über den Wannenrand heben zu können. Am nächsten Morgen habe ich gleich die maximale Höhe nachgemessen und stellte fest, dass die Badewanne maximal auf 72 Zentimeter Höhe gebaut werden durfte. Hätte ich diesen Traum nicht gehabt, wäre mir bei der Badezimmer-Planung mit Sicherheit dieser gravierende Fehler unterlaufen! Daran merkte ich einmal mehr, dass Gott mich begleitete – bis in meine Träume hinein …

Auch der Einsatz meines Schwagers, der während der gesamten Bauzeit nicht nur seinen eigenen Bau, sondern auch unseren beaufsichtigte, war mir eine große Hilfe.

Ein neues Zuhause

Endlich kam der Tag des Umzugs und wir wohnten wieder gemeinsam in unserem eigenen Haus. Wie erhofft konnte ich mit meinem Mann wieder Kaffee auf der Terrasse trinken. Die Lage des neuen Hauses war so günstig, dass die Kinder alleine zur Schule, zu ihren Freunden und zur Kirchengemeinde gehen konnten. Es folgte eine Zeit der Erholung für unsere Familie. Dankbar registrierte ich, dass sich der Tagesablauf so fügte, dass alles nacheinander zu bewältigen war. Als ich die Kinder später einmal fragte, wie sie diese schwierige Zeit empfanden, sagten sie: »Zuerst haben wir gar nicht begriffen, wie schlimm das alles war.« Sie durften Lutz kurz nach seinem Unfall auch nur selten besuchen, deshalb hatten sie geglaubt, dass sich sein Zustand noch bessern würde. Als das aber später nicht geschah, war dieser Zustand für sie schon wieder zur Gewohnheit geworden.

Unser ältester Sohn hatte seinen gesunden Vater

noch am besten in Erinnerung. Für ihn waren die Geschehnisse sicher am schlimmsten.

Als Lutz wieder mit uns zusammenleben konnte, kehrte auch für unsere Kinder die Normalität zurück. Für sie war es wichtig, nicht zu viele Veränderungen auf einmal zu erleben. Deshalb war ich dankbar, dass Schule, Freunde und Kirchengemeinde gleich blieben. Und weil unsere Familie zusammen war, schien für sie die Welt wieder in Ordnung.

Ich erinnere mich noch, wie liebevoll sie mithelfen wollten, Lutz zu betten. Jeden Tag musste mir eines der Kinder helfen, Lutz mit dem Lifter in den Rollstuhl zu setzen. Als die Fußball-Europameisterschaft lief, saßen alle mit Lutz zusammen auf seinem Bett und sahen sich die Fernsehübertragung gemeinsam an. Wenn ihnen an anderen Tagen danach zumute war, krochen sie einfach zu ihrem Vater ins Bett und genossen die Zeit der Stille bei ihm oder versuchten, ihm etwas zu erzählen.

Natürlich gab es auch Tage, an denen sie unwillig waren und ich sie mehrfach auffordern musste, mich zu unterstützen. Aber eines der Kinder musste helfen, das war immer klar und dagegen wehrten sie sich auch nicht.

Ich selbst habe mich in dieser Zeit der Pflege ganz sicher auch verändert. Zuerst habe ich bei jedem Geräusch von Lutz nachgeschaut, ob alles in Ordnung war. Mit der Zeit wurde ich gelassener und konnte alles besser einordnen. Anfangs habe ich mich auch nicht getraut, in seiner Gegenwart fröhlich zu sein. Doch dann überlegte ich, dass es für mich selbst furchtbar wäre, immer nur einen ernsten Menschen um mich zu haben. So fing ich auch mal wieder an, der Freude Raum zu geben, Scherze zu machen oder Witze zu erzählen, und unser Haus füllte sich mit neuer Fröhlichkeit und Natürlichkeit.

Doch dann gab es auch immer wieder Zeiten, in denen ich sehr müde war und gegen mich selbst ankämpfen musste. Zeiten, in denen ich mich gerne mit jemandem über vertrauliche Dinge beraten hätte, oder auch Zeiten, in denen ich die große Anstrengung spürte und die Last fast zu schwer erschien.

In solchen Augenblicken hielt ich mir stets die andere Alternative vor Augen: Lutz müsste in einem Pflegeheim leben. Und diese Situation wäre ohne Frage für uns als Familie noch viel schwieriger gewesen.

Aber die größte Kraftquelle meines Lebens war und blieb Gott selbst – mit seiner Gegenwart, seiner Ermutigung, seiner Unterstützung und seiner Kraft, wenn meine am Ende war.

Fünf Jahre danach
Es war etwa fünf Jahre später, als sich der Zustand von Lutz erneut verschlechterte. Er war öfter krank und be-

kam dadurch wieder mehr Hirnkrämpfe. Sein Immunsystem schien immer schwächer zu werden.

Im Herbst 2002 bekam er aus mir unerklärlichen Gründen immer nachmittags heftige Schweißausbrüche. Das Essen wurde zu anstrengend für ihn. Er schien starke Schmerzen zu haben und wirkte sehr verkrampft. Manchmal wusste ich mir einfach nicht mehr zu helfen und gab ihm seine Medikamente früher als üblich. Untersuchungen im Krankenhaus führten zu keinem Ergebnis.

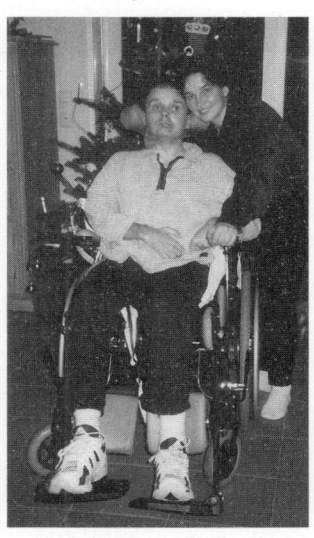

Dann war es Heiligabend, und ich las die Weihnachtsgeschichte vor. Wir hatten es uns gemütlich gemacht. Die Kinder und Lutz hörten mir aufmerksam zu. Lutz sah mich aus großen Augen an und es kam mir so vor, als ob er jedes Wort in sich einsog. Die Kinder überraschten wir an diesem Weihnachtsfest mit neuen Fahrrädern. Danach tranken wir zusammen Kaffee und verlebten mit meiner Mutter und meiner Tante noch einen schönen Abend. Ich war glücklich, weil Lutz zum ersten Mal seit langer Zeit beim Essen nicht schwitzte und sich nicht verkrampfte. Eine leise Hoffnung kam auf, dass es ihm nun bald wieder besser gehen würde.

Normalerweise wäre der Pflegedienst auch an Heiligabend gekommen. Doch ich hatte ihn abbestellt, weil ich eine freiere Zeiteinteilung wünschte, um Lutz selber pflegen und dabei etwas verwöhnen zu können. So machte ich ihn selbst bettfertig, massierte ihn noch mit gut riechenden Ölen und ging erst aus seinem Zimmer, als er entspannt eingeschlafen war.

In dieser Nacht ging ich ganz zufrieden ins Bett. Ich fand, es war ein schöner und harmonischer »Heiligabend« – der schönste seit vielen Jahren.

Am nächsten Morgen klingelte der Pflegedienst schon viel früher als erwartet. Ich las gerade noch in meinem Zimmer einen Brief von einer Freundin. So bat ich den Pfleger, doch schon einmal zu Lutz durchzugehen. Plötzlich stand er wieder an meiner Tür und sagte ganz betroffen: »Frau Schwabe, ich bin nicht gut in so etwas. Aber ich glaube, ihr Mann ist heute Nacht gestorben!«

Ich konnte nicht glauben, was ich da hörte. Entsetzt sprang ich auf und rannte sofort zu Lutz. Er sah aus wie im Tiefschlaf, hatte aber ganz entspannte Züge. Die Augen waren leicht geöffnet, aber seine Stirn war kalt. Diese Kälte fühlte sich so unnatürlich an – leblos, unabänderlich, endgültig. Vor Aufregung wusste ich überhaupt nicht, was ich als Nächstes tun sollte. Ich wollte einfach irgendetwas tun – zum Beispiel ihn waschen. Doch als ich seinen leblosen Körper wendete, wurde mir übel. Ich atmete tief durch und ging ins Wohnzimmer. Dort musste ich erst einmal darüber nachdenken, was da so plötzlich und unerwartet geschehen war.

Dann war da auch noch die Schwierigkeit, wie ich es den Kindern beibringen sollte, aber schließlich ging ich in ihre Zimmer. Sie wurden wach und ich versuchte ihnen so schonend wie möglich beizubringen, dass ihr Papa gestorben sei. Das Entsetzen war groß, und wir weinten alle gemeinsam. Wir hatten doch erst gestern einen so schönen Tag zusammen verlebt.

Nun musste ich schweren Herzens die Familienangehörigen verständigen, die alle sofort kamen. Jeder wollte Abschied von ihm nehmen. So standen wir alle um sein Bett herum und fassten uns an den Händen. Wir beteten zusammen und dankten Gott für das, was wir an ihm hatten.

Am Abend stand ich mit meinen Kindern allein am Bett ihres Vaters. Auf einmal sagte David mit seinen zwölf Jahren zu mir: »Mama, weißt du was, irgendwie freue ich mich auch für Papa. Ich weiß, dass es ihm jetzt besser geht.« Ich war unserem Sohn so dankbar für diese Äußerung, denn in meinen aufgewühlten Empfindungen konnte ich erst einmal nur den Schmerz der Trennung und des Abschieds wahrnehmen und hatte unsere Hoffnung auf die Ewigkeit bei Gott ganz aus den Augen verloren.

Nun stand aber noch eine große Hürde, die Beerdigung, bevor. Das war für mich eine schwere Herausforderung, vor der ich mich am liebsten gedrückt hätte. Ich hatte große Angst vor diesem Tag. Den Sarg in die geöffnete Erde sinken zu sehen, die unumkehrbare Endgültigkeit des Todes zu spüren, sich der Zeit des Abschieds stellen zu müssen – das alles schien so unerträglich, so unfassbar!

Lutz war durch die Mitarbeit im Unternehmen seines Vaters und durch seine Freizeitarbeit sehr bekannt und so wurde es eine große Beerdigung mit über 400 Gästen.

Mein Bruder, der als Missionar in Brasilien arbeitet, war gerade mit seiner Familie zu Besuch in Deutschland. Ich bat ihn, die Trauerrede zu halten. Er gab einen Rückblick über Lutz' Leben und berichtete von einigen wichtigen Entscheidungen darin. Dabei wurde deutlich, dass die wichtigste Entscheidung in Lutz'

Leben war, Jesus um Vergebung seiner Sünden zu bitten und sich ihm anzuvertrauen – denn diese Entscheidung hier auf der Erde bestimmt unsere Beziehung zu Gott bis in die Ewigkeit.

Rückblick

Wenn ich heute an diese schwere Zeit zurückdenke, bewegen mich viele unterschiedliche Empfindungen. Es waren Jahre voller Schmerz und Trauer – aber doch auch voller guter Erfahrungen: kleine Fortschritte meines Mannes, ein Blick seiner Augen, liebevolle Worte eines Freundes, Hilfe von Bekannten und Unbekannten, Blumen mit einer Karte vor der Tür, die Freude an unseren Kindern und vieles mehr. Auch Dinge, die vor dem Unfall selbstverständlich waren, wurden zu etwas sehr Kostbarem. Das Leben in der Gegenwart wurde wichtig, weil die Vergänglichkeit unseres Lebens hier auf der Erde so erschreckend deutlich war. Die Erfahrungen dieser Jahre haben auch in mir Veränderungen bewirkt, die ich heute nicht mehr missen möchte. Mein Glaube an Gott ist allen Stürmen zum Trotz stärker geworden. Ich habe Gott vorher nie auf eine so persönliche Weise erlebt, wie in dieser Zeit.

Als ich begriffen hatte, dass er nie versprochen hat, uns vor schmerzhaften Erfahrungen zu bewahren, sondern dass er uns gerade darin tragen, trösten und segnen will, kam Ruhe in mein Herz. Denn das hat er versprochen: für immer bei uns zu sein und uns mit seinem Frieden zu erfüllen, wenn wir es zulassen.

> *Ich wag' den weiten Blick nach vorn und zurück,*
> *und ich schaue auf Jesus, und ER zieht mich ein Stück.*
> *Und ich halt' mich daran, dass ER mitgehen will*
> *auf dem weiten Weg bis zum Ziel.«*

Günther Heger und Burkhard Hautow

Quo vadis? – Wohin gehst du?

Stellen Sie sich vor, Sie bekommen die Augen fest verbunden und werden dann vor die Herausforderung gestellt, mit dem Zug von Marburg nach Köln zu fahren, um dort jemanden zu treffen. Sie müssen ohne Hilfe Ihrer Augen eine Zugverbindung heraussuchen, den Bahnhof erreichen, eine Fahrkarte kaufen und in den richtigen Zug steigen. Dabei wäre zu bedenken, dass nur in sehr wenigen Bahnhöfen einfahrende Züge über Lautsprecher angesagt werden und wir in einer Zeit leben, die nicht unbedingt von Hilfsbereitschaft und Nächstenliebe geprägt ist. Außerdem können spielende Kinder, rücksichtslose Skateboard-Fahrer, eilige Erwachsene, herumlaufende Hunde und viele andere Eventualitäten zum Problem werden.

Ich stehe seit 35 Jahren vor solchen Herausforderungen – denn ich bin von Geburt an blind …

Ein Blinder sucht einen Blinden …
Als ich vor drei Jahren eine Arbeitsstelle als Finanzanalyst bei den Ford-Werken in Köln angeboten bekam, stand ich vor genau diesem Problem. Ich wollte meinen ebenfalls blinden Freund Günther in Köln besuchen, um von ihm hilfreiche Tipps und Informationen über diese Stadt zu bekommen: Wo kann man gut wohnen – wo einkaufen?

Zwar kann ich noch hell und dunkel unterscheiden, aber das reicht nicht, um Gegenstände oder Formen zu sehen. Nur Farb- und Kontrastunterschiede geben mir einen Hinweis auf den Gegenstand. Aus dem Kontext heraus erschließt sich mir, um welchen Gegenstand es sich handelt. So bin ich zwangsläufig oft auf die Hilfe meiner Mitmenschen angewiesen. Sie zu fragen ist einfach, die richtige Antwort zu bekommen hingegen oft schwierig. Meistens gehen die Gefragten einfach weiter, ohne zu reagieren.

Ein Blinder sucht am Bahnhof einen anderen Blinden – das funktioniert nur, wenn man sich an einem eindeutigen Ort verabredet. Für uns Blinde wird jeder Aufenthalt an einem unbekannten Ort zu einem Abenteuer.

Günther
Ich war vier Monate alt, als die niederschmetternde Nachricht der Ärzte kam: Blind geboren! Für meine Eltern war es ein furchtbarer Schock und für mich bedeutete es quälende Untersuchungen in der Würzburger Universitäts-Augenklinik. Die musste ich über mich ergehen lassen, damit die Ursache meiner Blindheit

diagnostiziert werden konnte. Die Ergebnisse waren jedoch nicht gerade befriedigend.

Aus meiner frühesten Kindheit weiß ich noch, dass ich auf manche Pfeifgeräusche, wie z.B. den 1000-Hertz-Pausenton im Radio oder das Geräusch eines Staubsaugers, panikartig reagierte und von meiner Mutter getröstet werden musste. Auch vor dem Einschlafen hatte ich manchmal Angst.

Abenteuerlich war es auch für mich, das Laufen zu lernen. Weil ich öfter hinfiel als andere Kinder, wurde ich vielleicht ein wenig zu sehr behütet und dadurch in meinem Bewegungsdrang mehr als nötig eingeschränkt. Als Ausgleichsbewegung habe ich, wie manche anderen blinden Kinder auch, das Kopfwackeln entdeckt, verbunden mit Zappeln der Hände und Füße. Dabei handelt es sich um eine Form von »Hospitalismus«, und sicher spielt hier auch mein eben schon erwähnter frühkindlicher Krankenhaus-Aufenthalt eine Rolle. Schließlich lernte ich doch laufen. Dass ich öfter mal die Treppe hinunterfiel oder mit dem Kopf gegen eine Wand lief, habe ich insgesamt ganz gut überstanden.

Bis ich in die Schule kam, erlebte ich eine unbeschwerte, wohlbehütete Kindheit. Dazu gehörte auch, dass mein Vater nach Feierabend so manche kleine Runde auf seinem Motorrad mit mir drehte. Oftmals saß ich stundenlang auf dem Tank des guten Stücks und konnte es gar nicht erwarten, dass Papa nach Hause kam. Eines schönen Tages fiel es mir wohl zu schwer, ruhig auf dem Motorrad sitzen zu bleiben. So kam es, dass ich mit dem schweren Gefährt umfiel und mich einer meiner Onkel darunter hervorziehen musste.

Häufig fuhr ich mit dem Roller durch unseren Hof. Alle wunderten sich, dass ich auf dem abschüssigen Weg, der vor einem Zaun endete, immer rechtzeitig nach rechts abbog, um nicht gegen den Zaun zu fahren. Allerdings glaubte mir niemand, dass ich den Zaun hören konnte. Hätte ich nicht später in der Schule gelernt, dass man parkende Autos oder Hauswände tatsächlich »hören« kann, weil sie eine für das Ohr gut wahrnehmbare Schallreflektion haben, dann hätte ich es wohl irgendwann selbst nicht mehr geglaubt.

Natürlich war es auch manchmal langweilig, wenn

ich bei einigen Spielen, die mein drei Jahre älterer Bruder Wilfried mit unseren Nachbarkindern spielte, nicht mitmachen konnte. Wilfried stellte sich aber sehr gut auf mich ein. Sobald er eine Möglichkeit sah, mich an einem Spiel oder Abenteuer zu beteiligen, wurde ich immer einbezogen.

Einmal haben wir bei uns im Hof Ritter gespielt. Der Holzschuppen, in dem Papas Motorrad und Onkel Adolfs Moped standen, war die Festung. Ich war der Burgherr und konnte zur Verteidigung des Schuppens irgendwann nichts anderes mehr tun, als die Tür zu verbarrikadieren, den Schuppen abzuschließen und den Schlüssel zu verstecken. Als später Onkel Adolf nach Hause kam, suchte er fluchend den Schlüssel. Ich hatte inzwischen vergessen, dass ich ihn versteckt hatte.

Ein größeres Problem war jedoch für mich, alleine essen zu lernen. Was war das für eine Tortur, mir beizubringen, beim Essen einer Suppe den Löffel gerade zu halten. Und wie schwer fiel es meiner Mutter, die mich bis dahin immer gefüttert hatte, zusehen zu müssen, dass ich selbst beim fünften oder sechsten Versuch ein Stück Kartoffel oder eine Erbse nicht zu fassen bekam.

Da die Leiterin des örtlichen Kindergartens in unserer Nachbarschaft wohnte und mich gut kannte, kam ich in den ganz normalen Kindergarten. Auch dort konnte ich natürlich nicht bei allem mitmachen. Manchmal waren die anderen Kinder wirklich gemein und nutzten meine Blindheit aus, um mich zu quälen.

An einem Nachmittag, als wir uns selbstständig beschäftigen durften, baute ich einen Turm aus Legosteinen. Einer meiner Kameraden machte sich einen Spaß daraus, meinen Turm immer wieder umzustoßen. Nach dem dritten Mal drohte ich ihm für den Fall einer Wiederholung eine Tracht Prügel an. Einen Augenblick später schlich er sich wieder von hinten heran. Ich hörte mit dem Bauen auf und wartete. Da! Plötzlich griff seine Hand an meinem Ohr vorbei nach vorn und riss den Turm wieder um. Dass ich ihn aber gehört hatte und deshalb gleich zu packen bekam,

war für ihn so überraschend, dass er sich nicht mehr wehrte. Ich schlug auf ihn ein und die anderen Kinder, die uns neugierig zuschauten, klatschten Beifall. Schließlich musste die Kindergärtnerin eingreifen.

Abgesehen von solchen unschönen Zwischenfällen war die Kindergartenzeit aber recht passabel und eine gute Vorbereitung auf die Schule.

Schulzeit in Würzburg

Mit knapp sechs Jahren wurde ich – zusammen mit Josef, einem blinden Bauernsohn aus der Nähe von Bad Neustadt/Saale – in die Blindenschule Würzburg eingeschult. Blindenschulen sind Internate, in denen blinde Schulkinder vom ersten Schultag an leben und nur an den Wochenenden – zu meiner Zeit sogar nur in den Ferien – nach Hause können. Von Anfang an waren wir Freunde, aber auch Konkurrenten. Bei allem, was wir lernten und übten, verglichen wir uns miteinander. Ich entwickelte dabei manchmal einen ungesunden Ehrgeiz. Später lernten wir, unsere jeweiligen Stärken und Schwächen zum beiderseitigen Nutzen einzubringen. Mit Josef bin ich heute noch befreundet.

Während meiner Schulzeit hatte ich mit starkem Heimweh zu kämpfen. Bereits am ersten Schultag musste der alte Oberlehrer den Schulunterricht unterbrechen, weil ich lauthals weinte. Die Trennung von zu Hause fiel mir sehr schwer. Vor allem vor dem Einschlafen kam ich mir schrecklich alleine vor und die Tränen flossen reichlich. Ich sehnte mich nach der Stimme und der Nähe meiner Mutter.

Die Klassen an Blindenschulen sind vergleichsweise klein. Dies ist aufgrund der blindenspezifischen Lernsituation pädagogisch absolut notwendig. Weil uns der optische Sinn fehlt, müssen wir vieles ertasten – auch die Schrift. Zum Glück erfand vor fast 200 Jahren der selbst erblindete Franzose Louis Braille die international nach ihm benannte Blindenschrift. Von manchen wird sie auch Punktschrift genannt, wegen der Löcher, die so in ein Papier gestochen werden, dass sie auf der anderen Blattseite als Punkte ertastet werden können. Die Brailleschrift ist für uns Blinde ein großer Segen, hat aber den Nachteil, dass sie mit der normalen Schrift wirklich gar nichts zu tun hat. Deshalb kann sie auch von Sehenden nur mit einer Einweisung gelesen werden.

Von Geburt an nicht sehen zu können, schränkt das räumliche Vorstellungsvermögen stark ein. Diese Tatsache muss vor allem in Mathematik oder den Naturwissenschaften berücksichtigt werden. Blinden muss vieles deutlich mit Worten erklärt oder einzeln gezeigt werden. Das gilt auch für den Sportunterricht. Doch gerade in diesem Bereich führte die Mühe der Lehrkraft bei mir nur selten zum Erfolg. Aus Angst, etwas falsch zu machen und dafür bestraft zu werden, verkrampfte ich mich so sehr, dass gar nichts mehr klappte.

Doch wo Schwächen sind, gibt es meistens auch Stärken. Weil wir Blinden uns automatisch sehr intensiv auf unser Gehör konzentrieren müssen, sind viele von uns besonders musikalisch. Deshalb spielt Musik im Schulunterricht für Blinde eine wichtige Rolle. Ich habe in der ersten Klasse begonnen, mit der Flöte zu spielen. Später kam Klavier dazu. Bis heute ist die Musik eines meiner liebsten Hobbys – und das, obwohl ich anfangs vor dem Klavier spielen dieselbe Angst hatte wie vor dem Sport. Meine erste Klavierlehrerin war eine 60-jährige Nonne. Sie hatte wenig Feingefühl für Situationen, in denen man als Schüler nicht sein Bestes geben kann. Einmal kribbelten mir während der Klavierstunde die Finger und ich haute bei einer Tonleiter-Übung komplett daneben. Darüber war die Klavierlehrerin so erbost, dass sie mir ein paar Mal mit einem Lineal auf die Finger schlug.

Bis 1971 waren an der Blindenschule in Würzburg in den verschiedensten Bereichen Nonnen tätig: Erziehung, Küche, Krankenpflege, Wäsche und – wie bereits erwähnt – im Musikunterricht. Für die besonderen Anforderungen der Erziehung blinder Kinder, zum Teil mit einer zusätzlichen körperlichen oder auch geistigen Behinderung, waren diese Nonnen nicht ausgebildet. Und somit waren die angewandten Erziehungsmethoden manchmal ziemlich seltsam. In den ersten vier Klassen wurden wir bereits um 19.30 Uhr ins Bett geschickt. Danach durfte man nicht mehr reden. Mein Verstoß gegen diese Hausordnung wurde damit bestraft, dass ich 50 Mal folgenden Satz schreiben musste: »Ich darf nach dem Gute-Nacht-Sagen im Schlafzimmer nicht mehr schwätzen.«

Ein anderes Mal wurde ich mit Schlägen auf den nackten Hintern bestraft, weil ich – entgegen der Kon-

vention – mein Unterhemd unter dem Schlafanzug anbehielt. Oft fühlte ich mich ungerecht behandelt und war manchmal wütend, weil ich nichts dagegen unternehmen konnte.

Diese Erfahrungen hatten bei mir zur Folge, dass ich mit dem Christentum, welches die Nonnen für mich verkörperten, und mit der katholischen Lehre nicht mehr viel zu tun haben wollte. Wer in den Andachten oder Religionsstunden predigt: »Du sollst deinen Nächsten lieben wie dich selbst«, und anschließend einen Schüler wegen einer Lappalie schlägt, wirkt nicht besonders glaubwürdig.

Nachdem ich die Grundschule in Würzburg absolviert hatte, folgte mein Schulwechsel nach Marburg, an das einzige Gymnasium für Blinde und Sehbehinderte im deutschen Sprachraum.

Gymnasialzeit in Marburg
Selbstständigkeit wurde in Marburg – im Gegensatz zu Würzburg – ganz groß geschrieben. Für die persönliche Entwicklung blinder Jugendlicher, die möglichst genauso selbstständig leben sollen wie Sehende, ist das sicher sehr wichtig. Auf einmal sollte ich mir selbst Milch oder heißen Tee aus einer Kanne in die Tasse gießen, Suppe aus einem großen Topf auf den Teller schöpfen oder mein Fleisch schneiden können, was ich vorher nie geübt hatte.

Ein regelrechter »Quantensprung« in Sachen Selbstständigkeit war für mich das sogenannte »Mobilitäts-Training«. Dabei lernt man, sich als Fußgänger im Straßenverkehr frei zu bewegen und unbekannte Wege zu erschließen. Das geschieht mit Hilfe des weißen Stocks, oft auch Tast- oder Langstock genannt. Dieser sollte so lang sein, dass er immer eine Schrittlänge voraustastet, damit man mögliche Hindernisse auf dem Boden erkennen und umgehen kann. Auf einmal in die Stadt, in eine Kneipe oder in den Wald gehen zu können, wann immer ich es wollte, war eine bis dahin unvorstellbare Bereicherung für mein Leben.

Mit dem weißen Stock unterwegs zu sein, kann aber manchmal auch böse Überraschungen mit sich bringen, vor allem, wenn man unaufmerksam ist. Man läuft

gedankenlos durch die Marburger Oberstadt und bekommt plötzlich die Schranke am Eingang einer Fuß-
gängerzone an die Brust, weil man an deren Begren-
zungspfosten vorbeigetastet hat. Und wehe, wenn man
unachtsam eine Einfahrt überquert, aus der plötzlich
ein Auto herausschießt …!

Kurs-Korrektur!
Wie schon erwähnt, war ich mit den Erziehungsmethoden der Nonnen in Würzburg oft nicht glücklich und
auch nicht einverstanden. Der Widerspruch zwischen
dem, was sie sagten, und der Art, wie sie uns behan-
delten, störte mich sehr. Das führte dazu, dass ich den
Schulwechsel nach Marburg nutzte, um erst einmal alles von mir zu streifen, was mit Kirche zu tun hatte.

Als ich 14 Jahre alt war, erreichte eine Entwicklung
ihren Höhepunkt, die wohl vor allem durch die Puber-
tätsphase ausgelöst wurde. Ich fühlte mich mehr und
mehr unzufrieden, unnütz, ungeliebt und unfähig,
den Herausforderungen des Lebens zu begegnen. Der
Tropfen, der das Fass zum Überlaufen brachte, war die
Eröffnung unseres Zeichenlehrers, ich würde im geo-
metrischen Zeichnen eine Fünf im Halbjahres-Zeug-
nis bekommen. Schließlich fasste ich den Entschluss,
dass es keinen Sinn mehr machte, mich weiter durch
das Leben zu quälen – ich wollte mich umbringen! In
der Zeit vor dem Abendessen kletterte ich die Feuerleiter der Turnhalle hinauf und wollte mich hinunterstür-
zen. Doch dann hatte ich Angst vor diesem Sturz ins
Ungewisse und auch davor, etwas zu tun, was ich nicht
mehr rückgängig machen konnte – ein Grauen davor,
vielleicht auch noch zum Krüppel zu werden. Ich hatte Angst vor der Endgültigkeit eines Selbstmords. In
meiner Unschlüssigkeit kamen immer mehr Selbstvor-

würfe in mir hoch. Ich empfand mich als undankbar, vor allem meinen Eltern gegenüber. Ich dachte darüber nach, dass ich mit knapp fünf Jahren beinahe im Main ertrunken wäre, hätte mich mein Vater nicht im letzten Moment herausgeholt. Was hatten meine Eltern nicht alles in mein Leben investiert? Sollte ich es ihnen so danken und mein Leben beenden – nur, weil ich nicht mehr wollte?

Schließlich stieg ich die Feuerleiter wieder hinunter. Mir war hundeelend. In den nächsten drei Tagen war ich krank, mein Blutdruck war in den Keller gesackt.

Doch auch nachdem ich diese wohl hauptsächlich pubertäre Krise überwunden hatte, blieb die Frage, was wäre, wenn ich wieder in ein solches emotionales Tief geraten würde.

Drei meiner Freunde gaben mir eines Tages ein Heftchen in Punktschrift in die Hand, mit der Überschrift: »Quo vadis? – Wohin gehst du?« Das war eine Frage, die viele weitere Fragen aufwarf und mich in der nächsten Zeit intensiv beschäftigte. Wo komme ich her und wo gehe ich hin? Hat mein Leben irgendeinen Sinn, ein Ziel? Wer bin ich überhaupt? Bin ich irgendwem verantwortlich? Zunächst ging ich intellektuell, mit meinem kirchlichen Halbwissen, an diese Fragen heran.

Meine Freunde hatten Kontakt zu einer Gruppe von Christen, die sich mit der Bibel und ihrer Botschaft auseinandersetzten. Aber ich war noch sehr katholisch geprägt und ich wollte auf keinen Fall in eine Sekte abrutschen. Zudem wusste ich noch nicht, wie ich diese Gruppe beurteilen sollte.

Doch das änderte sich bald, denn die Kontakte zu dieser Gruppe wurden immer enger. Montags gingen meine drei Freunde immer in eine Jugendstunde. Eines

Tages ging ich mit und war tief beeindruckt. Es wurden christliche Lieder gesungen, mit Gott gesprochen wie mit einem Freund und man sprach über einen Bibelabschnitt. Sie taten das mit einer Ehrfurcht vor der Bibel als Gottes Wort, wie ich sie selbst aus der katholischen Kirche nicht kannte. Eines der Lieder ließ mich den ganzen Abend und die folgende Woche nicht mehr los:

> *»Herr, Du hast uns gerufen,*
> *Dein Ruf war laut und klar.*
> *Wir haben es verstanden,*
> *wie ernst Dir's damit war. (…)*
>
> *Und dennoch gab es Zeiten –*
> *o Herr, es tut uns leid –,*
> *wo andres lauter wurde;*
> *Du fandst uns nicht bereit. (…)*
>
> *Jetzt, wo Dein Ruf noch einmal*
> *an uns ergangen ist.*
> *So sei dies unsre Antwort:*
> *Hier bin ich, Jesus Christ!«*

Meine Freunde merkten, dass es in mir rumorte, und so fragten sie mich, ob ich Lust hätte, zu einem Freund und dessen Familie mitzukommen. Ich sagte zu. Es war Freitag, der 8. November 1974. Schließlich fand ich mich mit einigen jungen Leuten bei einer Familie Nietzke wieder. Der Vater, Walter Nietzke, der bis heute viel Interesse an meinem Leben zeigt, fragte mich im Laufe eines Gesprächs: »Was glaubst Du eigentlich, wer Jesus Christus ist? Ein Prophet, ein Revolutionär, ein Weltverbesserer oder der Sohn Gottes?« Vorsichtshalber zog ich mich auf das mir vertraute katholische Glaubensbekenntnis zurück und sagte:

»Mein Glaube sagt mir, dass er der Sohn Gottes ist.«
Doch dann machte er mir deutlich, dass sich diese Botschaft von Jesus als Gottes Sohn quer durch die ganze Bibel zieht und dass Jesus als Mittelpunkt der Bibel
gesehen werden muss. Er bezeugte, dass die Bibel die
wahre, glaubhafte, schriftliche Offenbarung Gottes an
uns Menschen ist. Und dann las er mir einen Vers vor:
*»Denn also hat Gott die Welt geliebt, dass er seinen einge-
borenen Sohn gab, auf dass jeder, der an ihn glaubt, nicht
verloren gehe, sondern ewiges Leben habe«* (Die Bibel, Jo-
hannes 3, Vers 16).

Diesen Vers hatte ich noch nie zuvor gehört, aber er
veränderte mein Leben.

Seit diesem Tag weiß ich, woher ich komme, wohin ich gehe und wem ich gehöre. Ich weiß, dass Jesus
Christus stellvertretend für meine Sünden am Kreuz
gestorben ist und ich deshalb frei ausgehen darf. In
vielen praktischen Lebensumständen habe ich seitdem
die Hilfe Gottes erfahren. Natürlich gehen auch nach
dieser Entscheidung in meinem Leben immer wieder
Dinge schief. Es kommen Zweifel oder ich hänge einfach durch. Manchmal ist das Leben einfach ungerecht
und mühsam. Aber Gott zu kennen und als sein geliebtes Kind zu leben, hat mein Leben reich, sinnvoll und
glücklich gemacht.

Mit Gott an meiner Seite ging ich jetzt auch die
Schulausbildung mit ganz anderem Elan an. Hatte ich
vorher schon mal die Hausaufgaben nicht gemacht
oder war unpünktlich zum Unterricht gekommen, änderte sich das jetzt.

So machte ich schließlich doch noch ein ganz passa-
bles Abitur. Mein Hauptinteresse galt den Fremdspra-
chen, Geschichte, Geographie und Musik. So lag es für
mich nahe, die erworbene allgemeine Hochschulreife

in einem Dolmetscher- und Übersetzer-Studium mit Englisch und Spanisch zu nutzen.

Studienzeit in Saarbrücken

Der Einstieg ins Studium im Oktober 1978 war heftig. Eigentlich waren nur 150 Studienplätze für das erste Semester am Dolmetscher-Institut vorgesehen, doch es wollten über 500 Studenten beginnen. Die erste Studienwoche war schon für Sehende chaotisch und noch viel mehr für mich. Immer wieder musste man zu irgendeinem schwarzen Brett rennen und nach Infos suchen, wann und wo Veranstaltungen stattfanden und wie das Anfangssemester organisiert würde.

Während des gesamten Studiums stand ich vor der Herausforderung, immer wieder Leute zu finden, die mir Übersetzungstexte oder Literatur auf Kassette sprachen. Zu Semesterbeginn war es stets spannend, an alle wichtigen Infos über Studienveranstaltungen heranzukommen. Auch bei der Essensausgabe in der Mensa brauchte ich Hilfe. Ich fand aber stets hilfsbereite Kommilitoninnen und Kommilitonen. Klausuren durfte ich in einem separaten Raum schreiben, da ich die Übersetzung des in Punktschrift geschriebenen Textes per Schreibmaschine in Schwarzschrift schreiben musste. Alles in allem kam ich aber auch im Studium gut zurecht.

Nicht ganz so einfach war es aber mit der Diplomarbeit. Zunächst einmal wollte ich an einem Thema arbeiten, zu dem es möglichst wenig Literatur gab, denn diese konnte ich ja nicht selbst lesen. Und dann sollte die Arbeit sauber geschrieben, für alle Sehenden deutlich lesbar und in mehreren gebundenen Exemplaren vorgelegt werden. Geschrieben habe ich meine Arbeit auf der Schreibmaschine, konnte aber selbst nicht lesen, was ich da zu Papier gebracht hatte. So ließ ich die Arbeit von einer Kommilitonin Korrektur lesen. Seiten mit Tippfehlern schrieb ich dann noch einmal. Bei einer Seite hatte es sich ergeben, dass ich zwar überhaupt keinen Fehler gemacht, dafür aber statt eines leeren Blattes eine Wäscheliste vom Wohnheim benutzt hatte – zum Fotokopieren für die gebundenen Ausgaben der Arbeit natürlich völlig ungeeignet!

Bei der Diplomprüfung im Konsekutiv-Dolmetschen (eine Rede von etwa zehn Minuten wird vorgelesen, die man anschließend in einer anderen Sprache wiedergibt), erlebte ich eine peinliche technische Panne. Natürlich hatte ich in der Aufregung mit meiner mechanischen Maschine viel zu viel mitgeschrieben, sodass sich der schmale Papierstreifen mit der durchstochenen Blindenschrift wie ein Bandwurm durch den halben Prüfungssaal rollte. Als ich ihn dann beim Wiedergeben der deutschen Rede auf Englisch wieder herbeiholen wollte, hatte er sich in den Stuhlreihen verheddert. Schließlich musste der Prüfer meinen Vortrag unterbrechen und einen der Zuhörer bitten, mir den Streifen zwischen den Stühlen hervorzuholen. Leider waren meine Notizen auf dem inzwischen sehr verknitterten Papier kaum noch zu lesen.

Und dann gab es auch noch einen sehr schönen und gewichtigen Anlass, der sich eindeutig beschleunigend auf mein Studium auswirkte: 1979 lernte ich auf einer Bahnfahrt meine heutige Frau kennen. Da ich nicht vor Abschluss meines Studiums heiraten wollte, war klar, dass ich im Studium nicht bummeln durfte. Im August 1984 gab ich meine Diplomarbeit ab, sodass wir am 14. September heiraten konnten. Seitdem sind wir glücklich verheiratet, auch wenn uns Kinder leider versagt blieben.

Die Arbeitssuche nach dem Studium gestaltete sich zunächst schwierig. 1989 absolvierte ich noch eine weitere Ausbildung zum Wissenschaftlichen Dokumentar, wofür ein abgeschlossenes Hochschulstudium Voraussetzung war. Seit 1991 habe ich eine unbefristete Arbeitsstelle als Archivar bei der Deutschen Welle. Meine Frau Svanhild arbeitet als medizinisch-technische Assistentin in der HNO-Klinik des Universitätsklinikums Köln.

Neben meiner Arbeitsstelle, die ich dank modernster, blindenspezifischer Computertechnik voll ausfüllen kann, führen Svanhild und ich ein abwechslungsreiches, interessantes Leben. Manchmal werde ich in den Niederlanden als Dolmetscher eingesetzt oder erteile Jugendlichen in Deutschland Bibelunterricht. Wir sind begeisterte Sänger in zwei Chören: dem Siegburger Madrigalchor und dem Chor der Deutschen Welle. In meiner Freizeit spiele ich gerne Klavier und Schach oder gehe mit Svanhild schwimmen.

Und trotzdem gibt es manches, was mich immer noch sehr frustriert und ich mir anders wünschen würde. In praktischen Alltagsdingen kann ich meiner Frau kaum helfen. Auf Reisen oder bei Autofahrten könnte ich meine Blindheit manchmal verfluchen, vor allem, wenn es gilt, sich an einem fremden Ort zu orientieren oder eine bestimmte Adresse anzufahren. Manchmal verspüre ich auch den drängenden, intensiven Wunsch, wenigstens einmal im Leben die Sterne oder einen Regenbogen zu sehen oder von einem Berggipfel die beeindruckende Aussicht zu genießen.

Doch dann findet man sich auf dem Boden der Realität wieder und weiß, dass solche Wünsche während des irdischen Lebens für immer versagt bleiben. So sind wir herausgefordert, mit Grenzen leben zu lernen – vor allem aber, mit Gottes Hilfe trotz mancher Grenzen **leben** zu lernen.

Burkhard

1971 sollte ich im Osten Deutschlands, in Ostberlin, das Licht der Welt erblicken – wenn ich es denn hätte erblicken können. Doch leider bemerkte man bei meiner Geburt nicht die schwere Beeinträchtigung meiner Augen. Dieses Problem wurde erst viel später von meiner Patentante erkannt.

Als es Zeit war, sich um einen Platz im Kindergarten zu bemühen, wollte man mir aufgrund meiner Sehbehinderung keinen zukommen lassen. Doch irgendwie haben es meine Eltern trotzdem geschafft. Sie haben immer versucht, mir die gleichen Chancen und Möglichkeiten einzuräumen wie meinem vier Jahre älteren Bruder. So wurde ich im Kindergarten auch so weit es ging gefördert. Dort fand ich Freunde, mit denen ich auch sonst spielen konnte. Den ganzen Sommer über verbrachten wir auf einem Zeltplatz südöstlich von Berlin. Wir tobten durch die Wälder und ich lernte Fahrrad fahren. Doch leider verschlechterte sich durch die unzureichende medizinische Versorgung in der DDR meine minimale Sehfähigkeit. Der kleine Rest ging mehr und mehr verloren.

Nachdem ich wiederholt mit dem Fahrrad Leute angefahren hatte, musste ich dieses Vergnügen schweren

Herzens aufgeben. Durch die Verschlechterung des Sehvermögens wurde auch ein Schulwechsel notwendig. Zunächst ging ich in eine Schule für Sehbehinderte und lernte ganz normal lesen und schreiben. Aber schon bald konnte ich die Schrift nicht mehr erkennen und kam mit dem Stoff nicht mehr mit. Also musste ich in eine Blindenschule wechseln.

Meine Eltern taten sich sehr schwer mit dieser Entscheidung, da ich jetzt nur noch am Wochenende zu Hause sein konnte. Andererseits erkannten sie bald, dass ich dort die beste Förderung erfahren würde. Schließlich wussten sie ja selbst nicht viel über den richtigen Umgang mit Blinden. Erst mit den Jahren lernten sie, welche Fähigkeiten und Möglichkeiten Blinde haben und welche Tricks und Hilfsmittel es gibt.

Ich erlebte eine sehr behütete Schulzeit in Königs Wusterhausen. Alles war blindengerecht. Das Schulgelände war von einem Stahlzaun umgeben. Es konnte also nichts passieren. Da ich den Sommer immer mit

meinen Eltern auf einem Zeltplatz an einem See ver-
lebte, musste ich früh schwimmen lernen. Über die Me-
thode, mit welcher mein Vater es mir beibrachte, möchte ich gnädigerweise den Mantel des Schweigens brei-
ten – jedenfalls konnte ich früher schwimmen als alle
meine Klassenkameraden!

Schnell baute ich den Vorteil aus und nahm an vielen Wettkämpfen teil. Ungefähr zur selben Zeit erlernte
ich das Schachspielen. Auch hier nahm ich an ver-
schiedenen Wettkämpfen teil. 1989 wechselte ich vom
Schwimmsport zu Goalball, einem paralympischen
Mannschafts-Ballspiel für Blinde und Sehbehinderte.
Goalball spielt man in der Halle. Der Goalball ähnelt
dem Basketball und ist mit einem Glöckchen in seinem
Innern so präpariert, dass er akustisch wahrgenom-
men werden kann. Zusätzlich befinden sich am Boden
des Spielfeldes tastbare Markierungen, die den Spie-
lern zur Orientierung dienen. Diese sportlichen Möglichkeiten haben mit Sicherheit mein Leben geprägt.
Nicht nur, dass ich die meisten Reisen durch den Sport
machen durfte – der sportliche Ehrgeiz, immer nach
vorne zu schauen, sich ständig verbessern zu wollen,
übertrug sich auch auf andere Lebensbereiche.

1986 übersiedelten wir von Ost nach West. Ich kam
ins Internat nach Marburg, in die Deutsche Blinden-
Studienanstalt. Dort lernte ich viele lebenspraktische
Fertigkeiten dazu und meine Selbstständigkeit wurde
trainiert. Dennoch war auch Marburg eine vergleichsweise behütete Zeit. Für alles, was man brauchte, war
gesorgt. Selbst die Lehrer sprachen von »draußen«,
wenn sie das Leben nach der Schule meinten.

Nach meinem Abitur im Jahre 1992 entschied ich
mich für ein Studium der Betriebswirtschaftslehre
an der Philipps-Universität in Marburg. Obwohl ich

durch meine Blindheit eine Menge zusätzlicher Probleme hatte und wiederholt kurz vor dem Scheitern stand, schaffte ich am Ende doch mein Diplom.

Meine Arbeitsstelle bei Ford bekam ich sicherlich auch, weil man dort bereit war, mir eine Chance zu geben. Nicht die Probleme meiner Behinderung standen im Mittelpunkt, sondern die Überlegung, wie und mit welchen Hilfsmitteln ich die geforderte Arbeit erledigen könnte.

Mit der Arbeitsaufnahme begann auch die eingangs erwähnte Wohnungssuche. Ich wollte mit öffentlichen Verkehrsmitteln nicht mehr als 45 Minuten bis zum Arbeitsplatz benötigen. Gleichzeitig sollte die Wohnung einigermaßen zentral liegen, Einkaufsmöglichkeiten, Ärzte und Postamt gut erreichbar sein. Wenn ich mein Leben einigermaßen selbstständig führen möchte, sind das wichtige Voraussetzungen, die erfüllt sein müssen.

Da ich nach einem Einkauf alles selbst nach Hause schleppen muss, kann ich nicht einfach einen Großeinkauf tätigen. Also muss ich mir die Zeit nehmen und mehrmals einkaufen gehen. Wenn ich zum Beispiel zu Aldi gehe, habe ich darüber hinaus das Problem, dass ich mir von anderen Personen helfen lassen muss. Zwar weiß ich, wo die Kühlregale sind und wo die Backwaren stehen, aber ob ich eine Milchtüte in der Hand habe oder eine Safttüte, kann ich nicht erkennen. Eine Dose Tomaten lässt sich im Laden nicht von einer Dose Ananas unterscheiden. Wenn ich dann frage, passiert es oft, dass die Angesprochenen entweder ohne jeglichen Kommentar weitergehen, kein Deutsch verstehen oder keine Zeit haben. Die sicherste Hilfe bekomme ich dann noch vom Personal, sofern vorhanden und nicht an der Kasse sitzend. Das Ganze ist oft eine demütigende Prozedur.

Mit dem Problem, was in welcher Dose, Tüte oder Verpackung ist, habe ich natürlich auch zu Hause zu kämpfen. Disziplin und ein gutes Ordnungssystem sind hier dringend notwendig. Ich kann nichts einfach liegen lassen – denn in einer Zweizimmer-Wohnung kann die Suche sonst in ein »Blinde-Kuh-Spiel« ausarten.

Ein anderes Problem ist die Auswahl der Kleidung. Das beginnt beim Einkauf. Von einem eigenen Geschmack oder einem persönlichen Stil kann nicht die Rede sein. Ich bin immer auf den Rat anderer angewiesen. Bislang waren mir meine Eltern beim Aussuchen meiner Bekleidung sehr behilflich. Doch zu Hause habe ich morgens niemanden, den ich fragen kann, welche Hose zu welchem Hemd, Pullover oder T-Shirt passt. Eine gut sortierte Ordnung kann hier ein wenig weiterhelfen. Gleichzeitig muss ich darauf vertrauen, dass meine Mitmenschen mir sagen, wenn ich mal einen Fehlgriff im Schrank getan habe. Leider bekomme ich solche Hinweise nur sehr selten. Das gilt auch für den Fall, dass meine Kleidung beschmutzt ist. Dem versuche ich vorzubeugen, indem ich die Kleidung regelmäßig und vielleicht häufiger als nötig wechsle.

Durch eine Hilfe beim Reinigen der Wohnung spare ich wertvolle Zeit. Die nutze ich gerne zum Schwimmen und Joggen, auch wenn ich nicht oft dazu komme. Auch mit dem Tandem zu fahren ist eine sehr schöne Sache, vorausgesetzt, ich finde eine Begleitperson, die auch gerade Zeit und Lust dazu hat!

Eine andere Form von Blindheit ...
Die Frage nach einer Begleitperson, die Zeit und Interesse für mich persönlich hat, wurde auch in einem anderen Bereich entscheidend wichtig.

Ich wuchs in einem christlichen Umfeld auf. Gebet vor dem Essen und vor dem Schlafengehen und eine Andacht waren tägliche Gewohnheit. Ungefähr alle zwei Wochen besuchten wir den Gottesdienst der evangelischen Kirche. Nie habe ich an der Wahrheit der biblischen Geschichten gezweifelt. Es waren allerdings nur nette, historische Geschichten für mich.

Doch als – bedingt durch unseren Umzug nach Westdeutschland – für mich die Zeit in Marburg begann, war ich durchaus offen, mich intensiver mit dem Christentum auseinanderzusetzen. Ich hätte mich in dieser Phase selbst auch als Christ bezeichnet. Damals lud mich ein Klassenkamerad in eine christliche Teestube ein. In dieser Zeit bekam ich auch das wertvolle Geschenk einer Bibel in Blindenschrift, in der ich zu lesen begann. In meinem Zimmer war kaum genug Platz dafür. Eine Bibel in Blindenschrift besteht aus dreißig Bänden, wobei jeder Band neunundzwanzig Zentimeter breit ist, vierunddreißig Zentimeter hoch und sechs bis sieben Zentimeter stark! Zunehmend beschäftigte ich mich mit den Details der Kreuzigungsgeschichte. Je länger ich dies tat, umso mehr wurde mir deutlich, dass es sich hier entweder um den größten Betrug und die unverschämteste Lüge der Menschheitsgeschichte handelte, oder um ein Ereignis, welches historisch einmalig ist, den Dreh- und Angelpunkt der Geschichte bildet und zudem Auswirkungen auf mein ganz persönliches Leben hat.

Nach Monaten des Prüfens und Nachdenkens kam ich zu der Überzeugung, dass die Bibel wirklich glaubwürdig ist und zu Recht auf einem Absolutheitsanspruch besteht. Ich konnte mich der Erkenntnis nicht entziehen, dass ich zu einer Entscheidung aufgerufen war und mich dieser Herausforderung stellen musste. Ich begriff, dass der Tod des Sohnes Gottes – Jesus Christus – am Kreuz mich ganz persönlich betraf und Auswirkungen auf meine Zukunft haben würde.

Es hatte weder mit meiner Sehbehinderung zu tun, noch steckte ich in einer Lebenskrise – und doch war die Zeit der Entscheidung gekommen. So wurde 1987 das Jahr, in dem ich Gottes Angebot der Sündenvergebung annahm und mich seiner Herrschaft und seinem Willen unterstellte. Ich habe diese Entscheidung nie bereut. Der Glaube an Jesus Christus hat mein Leben verändert.

Gott gibt Trost in schweren Lebensprüfungen, Stärkung bei besonderen Herausforderungen, Weisheit für schwierige Entscheidungen, Geduld, wenn das Leben unerträglich scheint …

In der Gemeinschaft mit anderen Christen geschieht ein Geben und Nehmen, ein Erkennen von Begabungen und Fähigkeiten, das Erleben von Gastfreundschaft, gemeinsame Freude.

Und schließlich habe ich in Gott für immer eine »Begleitperson« – die beste, die man sich überhaupt nur wünschen kann.

Nachwort

Wer wünscht sich nicht ein Leben auf sonnigen Höhen, das beständig von Liebe, Glück, Gesundheit und Erfolg geprägt ist? Doch leider sieht die Wirklichkeit meistens ganz anders aus. Das wird in den Lebensberichten dieses Buches auf eindrückliche Weise deutlich. Trotz bester Vorsorge können unerwartete Schicksalsschläge ein Leben in kürzester Zeit radikal verändern. In solchen Situationen fühlen sich Menschen mit ihren quälenden Fragen häufig allein:

Warum musste das gerade mir passieren?

Wie soll es jetzt weitergehen?

Warum hat Gott das zugelassen?

Dieses Buch hat nicht den Anspruch, Patentrezepte für die Lösung von Lebenskrisen zu liefern. Es soll vielmehr aufzeigen, dass Menschen, die auch in den dunklen Stunden ihres Lebens auf Gott vertrauen, selbst in der Tiefe seine Nähe und Fürsorge in besonderer Weise erfahren können. Es ist unser Wunsch, dass diese Erlebnisse zur Ermutigung und zum Denkanstoß werden, um in ähnlichen Situationen dort Hilfe zu suchen, wo wirklich Hilfe zu finden ist.

Wir danken all denen, die an diesem Buch mitgearbeitet haben. Unser besonderer Dank gilt Ulla Bühne, welche die Manuskripte lektoriert hat und uns stets mit Rat und Tat zur Seite stand.

Manfred Braun und Michael Ulrich

Bei Fragen oder dem Wunsch nach weiterer Kommunikation oder Information stehen wir gerne unter folgender Kontakt-Adresse zur Verfügung:

Manfred Braun
Gerbergasse 16
63667 Nidda
Tel. 06043/6538
E-Mail: manfred@braun-nidda.de
Homepage: www.signale-der-hoffnung.de

Manfred Braun / Michael Ulrich
Signale der Hoffnung

Taschenbuch

96 Seiten
ISBN 978-3-89397-518-1

Tamara war 16 Jahre alt, als sie mit der Diagnose »Leukämie« konfrontiert wurde. Kann eine Knochenmark-Transplantation ihr Leben retten?

In ihren Tagebuchaufzeichnungen schildert sie, wie die Fragen nach dem »Sinn des Lebens« und einem möglichen »Leben nach dem Tod« sie nicht mehr loslassen.

Ihre Geschichte und drei andere Lebensberichte zeigen, dass Gott weit über den Verstand hinaus in unser Leben hineinwirken und hoffnungslose Situationen verändern kann.

»Signale der Hoffnung« ist auch in den Sprachen Englisch, Russisch, Rumänisch und Ungarisch erschienen.

Englische, russische, rumänische
und ungarische Ausgabe
Taschenbuch, je € 1,00

Erhältlich bei:
Manfred Braun
Gerbergasse 16
63667 Nidda
Telefon 0 60 43 / 65 38
E-Mail: manfred@braun-nidda.de
Homepage: www.signale-der-hoffnung.de

Hinweis:
Diese Bücher können **nicht** über den Verlag CLV bezogen werden.